Sonya
ソーニャ文庫

妄想騎士の理想の花嫁

八巻にのは

イースト・プレス

contents

プロローグ

「俺、絶対マリアベルちゃんと結婚する！」

アビゲイルの初恋は、力強く告げられたその一言によって打ち砕かれた。

目の前で「結婚する！」を繰り返しているのは、幼なじみの騎士クリス＝バレットである。

彼はアビゲイルより五つほど年上で身分も高いけれど、父親同士の仲が良いため、二人は子どもの頃からいつも一緒だった。

かつては小柄だったクリスも、騎士団に入ってからは身体つきも逞《たくま》しくなり、二十三歳になった今では街中の女性たちが彼を見つめてはうっとりとため息をこぼすほどの美丈夫《びじょうふ》に成長した。

短く切られた茶色い髪と精悍《せいかん》な顔立ちは騎士らしい野性味に溢《あふ》れているのに、透き通った青い瞳は宝石のように繊細《せんさい》で、そのギャップにやられてしまう女性は多い。

そんな彼にうっとりしてしまうのは、恋に淡い憧《あこが》れを抱く十八歳のアビゲイルも同じで、あの逞しい腕に抱きしめてもらえたらと、何度夢見たかわからない。

けれど一方で、そんな日など訪れないと、何となく予想はしていたのだ。

クリスが年々男らしくなる一方で、アビゲイルの容姿はかわいらしさから遠ざかっている。

決して不細工ではないが、アビゲイルは顔の作りがはっきりしている上に、目つきがとても悪いのだ。

そのせいでいつも怒っているように見えてしまい、こちらは気さくに接しているつもりでも、相手は気分を害してしまうことがある。

その上、黒くてまっすぐな長い髪は魔女のような印象があるらしく、初対面の相手にはビクッとされるのが常だ。

もちろん笑顔は作るが、目つきが悪いせいでものすごく意地の悪いものに見えるらしい。

そもそもアビゲイルは、元々内気で自分を卑下《ひげ》しすぎる傾向にあり、なおかつ親しくない相手の前では口下手になってしまうため、誤解を払拭《ふっしょく》することもできずにいる。

そんな中、幼なじみのクリスだけはアビゲイルの性格を理解してくれているので、彼の前でなら彼女はのびのびと話せるし、振る舞える。

ありのままのアビゲイルを受け入れてくれる彼だからこそ、恋心を抱いたのだ。

しかし、クリスがアビゲイルを女性として見ている節はまったくなかった。

だからいつか、彼が自分ではない誰かと恋に落ちることは覚悟していたし、恋人ができたら笑顔で受け入れようと思っていた。

「クリス……あの、一つ確認なんだけど……」

けれど恋に舞い上がるクリスの姿を前にして、アビゲイルは笑顔ではなく困惑の表情を浮かべてしまう。

「あなたが言っているマリアベルって、実在の人……よね？」

思わずそんな質問をしてしまった理由は、クリスが握りしめている紙の束にある。

その紙の束は、昨日アビゲイルが書き上げたばかりの冒険小説だ。

アビゲイルは昔から物語を作るのが好きで、小さな頃からささやかな物語を書いてはクリスに読ませ、感想をもらっていた。

そして今回も、いつものように彼に小説を渡して読んでもらったのだが、読み終えて開《かい》口《こう》一番に言ったのが先ほどの台詞だったのである。

「待ってくれ、マリアベルにはモデルがいるのか？」

「いやあの、そもそもあなたが言ってるマリアベルって……」

「むろん、アビーが書いたこの小説の主人公だ」

　何をばかなことを言っているんだ、という顔でクリスは笑っているが、ばかなことを言っているのはそっちじゃないだろうかと思わずにはいられない。

「あの、ちょっと、整理させて。クリスはまさかマリアベルに……私の小説の主人公に恋をしたってこと？」

「そうだ。彼女がメイド服の裾を摑み、次々と起こる騒動を解決しようと奔走《ほんそう》するその姿があまりに素敵で、俺は……俺は!!」

　何やら感極まりすぎたのか、クリスは額に手を当てて天を仰《あお》いでいる。

　クリスは気持ちが昂ると、身振り手振りが大げさになる傾向がある。アビゲイルの小説を褒《ほ》めるときはいつもこんな調子だ。

　この仕草もまたマリアベルへの狂おしいほどの気持ちを表現しているに違いないが、だからこそアビゲイルは心配になる。

「ああマリアベル……！　俺のマリアベル……!!　どうして君はこんなにも可憐でいじらしく、俺の心を捉えて放さないのか！　君は俺のために生まれてきた天使……いや女神……！」

　何やら詩的な賛辞《さんじ》まで口にし始めたクリスを見て、アビゲイルは確信した。

（本気だ……。クリスは本気だ……）

　しかしなぜ、よりにもよって自分の生み出したヒロインなのかとアビゲイルは頭を抱えた。

そんなアビゲイルの心のうちなど知るよしもなく、クリスは小説にキスの雨を降らせ続けるのだった——。

第一章

こうして今回も、マリアベルの冒険は幕を下ろしたのでした――。


長い小説の最後の一文を書き終えて、アビゲイルはほっと息をこぼした。

気がつけば辺りは薄暗く、窓から差し込む光は心許ない。

慌ててろうそくに火をつけてから、アビゲイルは仕事場として使っている小さな部屋を見回した。

元々は父の書斎だったそこを譲り受けてから、もう五年が経つ。

その間にアビゲイルは九冊の小説と二冊の詩集を出し、作家としてある程度の原稿料を得られるまでになっていた。

二十五歳になり、完全に婚期を逃した娘に父は心配そうな顔をしているが、商才のない父は、一家の稼《かせ》ぎ頭であるアビゲイルには文句が言えない。

父が若かった頃とは違い、今は貴族も会社を興《おこ》したり投資をしたりする時代になっているけれど、父はもう何度も投資に失敗しては借金を増やしている。

そのため以前のような裕福な暮らしはできなくなったが、おかげで今の仕事を続けられていると思えば、貧乏生活も悪くないとアビゲイルは思っていた。

机の上の原稿に視線を戻し、アビゲイルは次回作の構想を練《ね》ろうと新しい紙に手を伸ばす。


そこで、ノックもなしに背後の扉が開かれた。

近づいてくる大きな足音に、アビゲイルは苦笑しながら振り返る。

「いつも言ってるけど、入る前にノックをして」

「すまない、だがもうすぐ小説が書き上がると聞いて、いても立ってもいられなくて」

部屋に入ってきたのは、興奮した面持ちのクリスである。

「それで、マリアベルの新作は!?」

「今書き終わったところよ」

「読ませてくれ!!　すぐ!!　今すぐ!!」

「そんなに焦《あせ》らなくても、最初の読者は、いつもあなたでしょう？」

原稿の束を差し出せば、彼は無骨な指先を震わせながらそれを受け取った。

「まずい、まだ原稿に触っただけなのに興奮のあまり気絶しそうだ」

「気が早すぎるわよ」

「何を言う！　この中に……まだ俺の知らないマリアベルがいるんだぞ!!」

はぁはぁと荒い息をこぼすクリスに呆れつつも、アビゲイルは彼の喜ぶ顔を見るのが嫌いではない。

今から七年前、クリスはマリアベルに恋をした。

以来彼は、マリアベルの新作を読むことを生きがいにしているらしい。

あの頃よりももっと逞しくなり、男前になった彼に言い寄る女性はさらに増えたが、彼は変わらずマリアベル一筋だった。

そしてそんな彼が至るところで『マリアベルは素晴らしい！』と言い続けた結果、それがとある出版社の耳に入り、アビゲイルは作家としてデビューすることができたのだ。

だからクリスはアビゲイルにとってデビューのきっかけを作ってくれた恩人であり、小説を書くのも彼のためと言っても過言ではない。

(それに、私がマリアベルを書いているうちは、彼の側にいられる……)

興奮するクリスと共にソファに腰を下ろし、アビゲイルは小説を読み始めた彼の様子を隣からじっと観察する。

目をキラキラと輝かせながら、彼はアビゲイルが綴《つづ》った文字を目で追い始める。

こうなると、声をかけてもつついても、読み終わるまで小説の世界から戻ってこない。

だからアビゲイルはこっそりと、彼と自分の腕がほんの少しだけ触れあう距離に移動する。

きっともっと近づいても彼は気づかないだろうけれど、これ以上の接触はしないようにとアビゲイルは決めていた。

伯爵家の次男であり、騎士団でも特に優秀な騎士が集うと言われる第十三大隊の隊長にまで上り詰めた彼は、本来ならアビゲイルのような没落貴族の令嬢とは住む世界が違う。

幼なじみの二人の間にあるのは友情だけだし、今年で三十歳になる彼は、本来ならもうとっくに彼にふさわしい身分の美しい娘と結婚し、家庭を築いているはずだった。

だがマリアベルに恋をして以来、彼は現実の女性に興味をなくしてしまい、見合いの話もことごとく断っている。

(でもさすがに、もうクリスも結婚するわよね……。彼のご両親も心配してるし、マリアベルみたいに快活《かいかつ》でかわいい子と出会ったら、明日にでも式を挙げるとか言い出すんじゃないかしら)

思わずそんなことを考えて、アビゲイルは落ち込んでしまう。

クリスの愛するマリアベルのようなかわいらしさなんて、自分はまったく持ち合わせていないからだ。

マリアベルは、小動物を思わせる愛らしい顔立ちと、ふんわりとした金色の髪を持つ快活な少女として描かれている。一目見ただけで誰もが好きになるようなマリアベルと、目つきが悪く愛想のないアビゲイルは正反対だ。

だから、クリスが我に返り、現実の女性に目を向けるようになったとしても、きっとアビゲイルを好きになったりはしないだろう。

少なくとも今はマリアベルに夢中で、彼の家族が心配して医者を呼ぶほど現実の女性に興味はないようだが、いつか必ずやってくるマリアベル離れの日に備え、アビゲイルはこれ以上クリスを好きにならないようにと、いつも自分に言い聞かせている。

「かわいい……あぁ……かわいい……」

とはいえ、原稿を読みながらデレデレしている姿を見ていれば、恋心よりも呆《あき》れる気持ちの方が勝るので、ほっとするのだが。

幼い頃にうっかり芽生えてしまった恋心は未だ消えないけれど、少なくともこのだらしない顔を見ていれば今以上に好きになることはきっとない。

「あああああ、すごい!!　エプロンドレスに着替えるマリアベルちゃんかわいいいい！」

(うん、大丈夫。今ちょっと引いたし、大丈夫)

独り言を呟《つぶ》きながら小説を読み進めるクリスの傍らで、アビゲイルは彼の反応を眺め続けた。

そうしていると、いつの間にか睡魔がやってきて、アビゲイルは大きなあくびを一つこぼす。

小説を書くのに夢中でこのところきちんと睡眠がとれていなかったから、疲れも出たのだろう。

子どものように無邪気なクリスの反応をもう少し見ていたかったけれど、アビゲイルは眠気に勝てずゆっくりと目を閉じた。

多少気持ちの悪い発言もあるが、クリスの独り言は不思議と心地よくて、アビゲイルはそのまま深い眠りへと落ちていった。

＊＊＊

翌朝目を覚ましたアビゲイルは、シャワーを浴びて身支度を調《ととの》えると、書き終えたばかりの原稿を手に家を出た。

「今回は特に五十六ページ目の台詞がよかった！　小柄なマリアベルが頑張って背伸びをしながら、魔法の本を棚から取るところがかわいすぎた！」

「……いつも思うけれど、クリスの褒める箇所って、ちょっと変わってるわよね」

屋敷を出て街の中心へ向かうアビゲイルの横には、当たり前のようにクリスの姿がある。

物語を読むのに夢中になって時間を忘れる彼が、アビゲイルの屋敷に泊まるのはいつものことだ。

「でも本当にすごくかわいかったんだ！　『つま先を震わせながら』という描写がすごくいい！　すさまじくいい！」

細かすぎる感想を興奮気味に語るクリスに苦笑しつつ、アビゲイルは自宅のある邸宅街から街の中心へと向かう。

二人の住むオレアンズは、ミリナ川が育む豊かな三角州にある小さな国だ。

川に沿うようにして広がる街にはこの大陸一の港があり、年間を通して多くの人と物が行き交っている。

少々せわしないところもあるが、アビゲイルはそこが気に入っていた。

オレアンズで暮らしていれば、この大陸だけでなく海の向こうの国々の話を聞くことができるので、小説のネタに困らない。また、多くの国々と交流があるオレアンズの人々は柔軟な考えを持っており、女性や貴族が働くことに好意的だ。

アビゲイルがお世話になっている出版社の編集長も女性だし、アビゲイルの他にも女性の作家は大勢いる。とはいえ二十五で未婚となると皆心配するし、作家や芸術家の集うサロンでも「そろそろ相手を見つけた方がいいのでは？」と言われることも少なくない。

しかしアビゲイルはまだ、クリス以外の人を好きになる準備ができていない。そもそも彼への気持ちだってまだ失っていないのだ。


「アビー待て！」

ぼんやり考えごとをしていたアビゲイルの腰にクリスの腕が回される。

そのまま強く引き寄せられ、彼の胸に倒れ込んだ瞬間、すぐ目の前を馬車が駆け抜けていった。

それに驚いて瞬きを繰り返していると、クリスがアビゲイルの頭を優しく叩く。

「ちゃんと前を見て歩け。それに、すぐぼんやりする癖《くせ》を直せと言っているだろう」

顔を上げるとクリスが真剣な表情で自分を見下ろしていて、アビゲイルは思わず頬を赤らめた。

「アビゲイル？」

いつになく彼が格好よく見えて、ついついドキッとしてしまった。

(それに名前、不意打ちで呼ばれると困る……)

クリスは今もアビゲイルを小さな頃の愛称で呼ぶけれど、時々不意打ちで「アビゲイル」と呼ぶ。

たいていは叱《しか》ってくるときだけれど、それでも胸がきゅんと甘く疼《うず》いてしまうのだから性質《たち》が悪い。

小説の感想を喋《しゃべ》っているときのクリスはデレデレで情けないけれど、こうして真面目な顔をすれば男らしく凛々《りり》しいので、見つめられるとつい顔が熱くなってしまうのだ。

「おい、聞いているのか？」

「き、聞いてる……」

「ともかく、外にいるときは考えごとはなしだ。小説のネタが降りてきたなら嬉しいが、それで怪我《けが》をされても困る」

言いながら、クリスはそこで腰から腕を放すと、当たり前のようにアビゲイルの手を握った。

「あの、一人で歩けるわ」

「だめだ。この方が安全だ」

「でも、人に見られるし……」

「通りを歩いていれば、他人の目に入るのは当たり前のことだろう」

クリスは笑顔で言い切るが、彼の感覚は少しズレているし、アビゲイルは同じようには考えられない。

なにせクリスは国王の覚えもめでたい優秀な騎士なのだ。国民からの人気も高く、街を歩けば度々声をかけられるほどである。

だがアビゲイルが一緒にいると、皆そのキツい顔に臆《おく》して近づいてこない。たいていの場合、小説かクリスのことを考えてぼんやりしているだけなのだけれど、どうやら周りを常に睨《にら》んでいるように見えるらしいのだ。

そんな自分が側にいたら彼の評判にも傷がついてしまうと思うが、握られた手は力強くて、ほどくことができない。

「それに、わざわざ送ってもらわなくてもいいのよ。出版社までなら歩いてすぐだし、あなただって今日はこれから仕事でしょう？」

「仕事は片付けてあるし問題ない。アビーに何かあった方が困る」

そう断言し、クリスはさらにぎゅっとアビゲイルの手を握る。

「手がひどく熱いが、もしかして風邪を引いているんじゃないのか？　目の下の隈《くま》もひどいし。何日徹夜したんだ」

手が熱いのはクリスに握られているせいに違いないが、それを口にはできない。

「翻訳《ほんやく》の仕事もあったから、少し疲れているだけよ」

「少しには見えない。それに、また痩《や》せたんじゃないか？」

そう言って今度は首元に手を当てられ、アビゲイルは小さく悲鳴を上げる。

けれどクリスはおかまいなしに、アビゲイルのほっそりとした首筋をなで上げた。

「ちゃんと食べてるか？　もしかして、また親父さんが借金を増やしたんじゃ……」

「しゃ、借金の方はちゃんと返しているし大丈夫。忙しくて食事を抜いていたのは事実だけど」

「ちゃんと食べないと駄目じゃないか。作家の資本は身体なんだから、大事にしないと」

「わかっているけど、仕事に夢中になるとすぐ忘れちゃって」

「そもそも、仕事も入れすぎだ……。自分の小説の他に、翻訳の仕事を何本入れてるんだ？」

眉をひそめるクリスの前で、アビゲイルは指を折って数えてみる。

「今月は短編ばかりだったし、六本くらいよ」

「十分多いだろう！　あまり働きすぎると本当に身体を壊すぞ！」

「でも、少しでも稼がないと借金が……」

「前々から言っているが、もっと俺を頼れ。アビーのためなら、俺は全てを捧げるつもりでいるんだ」

クリスはそう言うが、アビゲイルの父が背負った借金は小さな額ではない。

彼は伯爵家の次男だし、騎士団での階級を考えれば給与が高いのも知っているが、だからといって何もかも頼るわけにはいかない。

「その気持ちだけで十分よ」

「だが心配なんだ……」

「それは、私が倒れたらマリアベルの新作が読めなくなるからでしょう？」

「確かに、それだけは絶対に避けたい。マリアベルの新作が読めなくなったら、俺はきっと死ぬ」

そう言って青い顔をするクリスは今にも倒れそうで、今度はアビゲイルが彼の背中を優しくさする。

「あなたに死なれたら困るから、体調管理はちゃんとするわ」

「しかしもし俺にできることがあれば言え。アビーのためなら、何でもするから」

絶対だぞと念を押すクリスに、アビゲイルは小さく笑う。

「クリスって、過保護よね」

「過保護にもなる。お前に何かあったら、俺は生きていけない」

そんなことを平然と言ってのけるから、アビゲイルは未だ彼への思いが断ちきれないのだ。

彼の場合、アビゲイルが特別なのはマリアベルの作者であるからにすぎない。けれど、それでも無駄に格好いい顔と甘い声で言われたら、どうしたって胸はときめいてしまう。

「それに昔、お前とお前の才能は俺が守ると誓っただろう？」

「小さな頃の約束だし、律儀に守らなくてもいいのに」

アビゲイルの才能を守ると約束してくれたのは、クリスが初めてアビゲイルの小説を読んだときだ。あの頃はお互い子どもで、それをこんなにも長く守ってくれるとは思っていなかった。

「だが俺にとっては一番大事な約束だ。約束もお前も、俺が守る」

いつになく凜々しい顔はまぶしすぎて、アビゲイルはそっと視線を下げる。

「そういうこと……あんまり軽々しく言わない方がいいわよ」

「そういうこと、とは？」

「俺が守るとか、まるで恋愛小説に出てくる人みたいじゃない」

「それはつまり、俺も小説の登場人物になれるのか!?　マリアベルちゃんの相手になり得るということか!?」

「……あなたの発想って、独特よね」

思わず呆れるが、クリスはマリアベルの恋人妄想を始めてしまったのか、こちらの話は聞いていないようだ。

それでも人通りの激しい場所に来れば自然とアビゲイルをかばい、騎士らしいエスコートを見せるクリスに、彼女はドキドキしてしまうのだった。

彼は出版社に着いても、当然のようにアビゲイルと共に中に入ろうとした。

「待って、あなた仕事は？」

「アビゲイルを屋敷に送った後で大丈夫だ」

「それじゃあ遅刻してしまうわ。今日はこれから次回作についても話す予定だし」

「次回作!?」

途端に目の色を変えるクリスを見て、アビゲイルは失言したと気がついた。

「気になるのはわかるけど、仕事にはちゃんと行かないとだめよ」

「さっきも言ったが、今日の仕事は全部終わらせてある。今日はマリアベルで頭がいっぱいになるとわかっていたから、早めに済ませておいたんだ」

「だとしても、遅刻なんて部下に示しがつかないでしょう？　そんな人はマリアベルにも嫌われてしまうわよ」

途端に、クリスは捨てられた犬のような顔で口を噤《つぐ》んだ。

「ほら行って、帰りは一人で大丈夫だから」

「だが、アビーに何かあったら困る」

オロオロするクリスは少しかわいそうで、仕方なくアビゲイルは代案を出す。

「あなたのお昼休みになるまで時間を潰《つぶ》しているから、仕事が一区切りしたら迎えに来てくれる？」

そもそも打ち合わせは長くかかるだろうし、出版社の近くには大きな書店がある。そこで時間を潰しながらクリスを待つと告げれば、彼はようやく納得した。

「わかった、昼休みになったらすぐに迎えに来る。絶対一人で帰るなよ」

「大丈夫よ」

「そう言っておきながら、今まで何度も俺を置いて帰ったじゃないか」

確かにそれは否定できず、アビゲイルは気まずげに視線をさまよわせる。

昔から、アビゲイルは小説のことを考え始めると周りが見えなくなることが多い。良いネタが降りてくるとすぐさま原稿用紙に向き合わずにはいられず、そのせいでクリスに待ちぼうけをくわせたことは一度や二度ではなかった。

「今日こそは一緒に帰るぞ！　それにお昼も一緒に食べよう。新作の感想もまだまだ語り尽くしていないんだ」

もう十分すぎるほど聞いた気がするが、クリスの顔は冗談を言っているようには見えない。

彼の熱意に、嬉しさと戸惑いを抱きつつ、アビゲイルは頷《うなず》いた。

するとようやく、クリスは彼が管理を任されている詰め所へ向かって歩き出したのだった。

アビゲイルのもとを一歩離れれば、彼は騎士らしい堂々とした表情と歩き方に戻る。

その姿に道行く人々が目をとめ、敬意を払いながら声をかけているのを眺めていると、なんだか彼がすごく遠い存在のように感じられて、アビゲイルは寂しい気持ちになった。

「そんな顔をするくらいなら、側にいてもらえばよかったのに」

不意に、横から声をかけられ、アビゲイルはびくりと身体を震わせる。

慌ててそちらを見れば、アビゲイルと同い年くらいの、美しい女性の顔がある。

「びっくりさせないでよエレン」

「ごめんごめん。でもあんまり切なそうな顔で見てるから」

「そんな顔、絶対してない」

キツすぎるこの顔では、切ない表情など浮かべられるわけがない。

なのにエレンは、ニヤニヤしながらアビゲイルを眺める。

「でも、長い付き合いの私にはわかるの」

そう言って胸を張るエレンは、アビゲイルの担当編集者だ。まだ若いが去年編集長に抜《ばっ》擢《てき》され、以来、社の売り上げにも大きく貢献している。

そんな彼女とはデビュー作から共に仕事をしていて、仕事外でも遊ぶほど仲が良い。

「うちの編集部にもクリスさんのファンは多いし、むしろ連れてきてくれた方が嬉しいんだけどなぁ」

「話がしたいなら、いつでも連れてくるわよ。クリスも、マリアベルについてエレンと熱く語り合いたいって言っていたし」

エレンもまたクリスと同様マリアベルが大好きで、以前会ったときは作者であるアビゲイルが呆れるほど意気投合していた。

あまりに楽しげだったからほんのちょっとだけ嫉妬《しっと》もしたけれど、二人が会いたいと思うなら止める権利はない。

「後で来てもらう？」

「それはいいわ。せっかくのデートを邪魔するのも悪いし」

「デートなんかじゃないわ。ただ、食事をして家まで送ってもらうだけよ」

「十分デートよ。それにね、剣聖クリス＝バレットと食事なんてすごいことなのよ。国中の女の子が狙ってるのに、彼ったら誰の誘いにものらないんだもの」

「待って、けんせい……って何？」

聞き慣れない単語に首をかしげると、エレンが目を見開く。

「あなた知らないの？　彼、国王主催の剣術大会で前人未踏の三連覇を成し遂《と》げたのよ。そして国王陛下から直々に、『剣聖』の称号を賜ったの」

「そ、それいつ!?」

「一ヶ月くらい前かしら」

確かに、その頃剣術の大会があったことはぼんやり覚えている。

大会と好きな本の発売日がかぶってしまい、買いに行けないとクリスが泣きついて来たからだ。

アビゲイルもそのときは忙しく、『じゃあ、お互い落ち着いたら一緒に読みましょう』

なんて約束はしたが、その後、本を携えて遊びに来た彼は剣聖の話はもちろん、優勝のことなど一言も言っていなかった。

(教えてくれればいいのに……)

顔を合わせればマリアベルの話ばかりで、クリスは自分のことを語らない。そしてアビゲイルも仕事が忙しくなると外に出なくなるので、世間の情報を聞き逃しがちなのだ。

「あとクリスさんと言えば、先週は有名な盗賊団を捕まえたそうだし、先月はあのマイルベール海賊一味を一網打尽にしたって話で持ちきりよ。おかげでここ最近、ますます彼への求婚者が増えたんですって」

「それも、初めて聞いた……」

「どれも断ってるみたいだけど、うかうかしてると誰かに取られちゃうわよ」

「取られるも何も、クリスは私のものじゃないもの」

「でも彼、あなたに夢中でしょ?」

「私の小説に夢中なの。マリアベルと結婚するっていまだに言っているし」

自分で言うとむなしい気持ちが増していくばかりだが、事実彼はアビゲイルにまったく興味がない。

(昨日だって、同じ部屋に寝てたのに何もなかったし)

アビゲイルの小説を読みに来るとき、クリスはたいていい部屋に泊まっていくが、間違いが起こるどころか大人の雰囲気になったことさえないのだ。

昨日のようにアビゲイルが先に寝てしまった場合は、彼がアビゲイルをベッドまで運び、気がつけば朝まで二人して熟睡《じゅくすい》しているというありさまである。

子どもの頃から小説の話をしながら同じベッドで眠ってしまうことはよくあって、その癖が抜けていないのだ。

とはいえお互い大人だし、このままではまずいとは思っているが、あまりに何もなさ過ぎて、今更やめようとは言えないほどなのである。

注意してくれるような使用人はいないし、父のフェルも妹のメイもアビゲイルにさほど関心がないので、二人が一緒の部屋で寝ていることに気づいてすらいないかもしれない。

だからここは自分がやめようと言わねばならないのだけれど、クリスの寝顔が見られなくなるのも寂しくて、ずるずると今の関係を続けてしまっている。

「ものすごく疲れた顔してるけど、何か悩みがあったら聞くわよ」

「大丈夫。それよりほら、仕事の話をしなきゃ」

気持ちを切り替えたくて、アビゲイルは明るい声を出す。

だがそこで、今度はエレンが浮かない顔になった。

「あのね、実は、あなたには辛い話をしなきゃいけないの……」

予想外の言葉に嫌な予感を覚えつつ、アビゲイルは言葉の続きを待った。

＊＊＊

オレアンズ一の品揃えを誇《ほこ》るミリナ書店。その一番目立つ場所に積まれている本を、アビゲイルは死人のような顔で見つめていた。

『オレアンズの情事』『ゲーテ川で愛を囁《ささや》いて』『激しく淫らな恋路の果てに』などなど、積まれている本は全て恋愛小説ばかりである。それも大半は性描写をメインにしたものであることは、想像に難《かた》くない。

（エレンが言っていたとおりだ……）

本を見ながら、アビゲイルは大きなため息をこぼす。

遡《さかのぼ》ること数時間前、アビゲイルはエレンからとある提案をされた。

『実は、あなたに恋愛小説を書いて欲しいの』

その打診は以前からあったものの、アビゲイルはずっと断ってきた。

恋愛小説を書くのは得意ではないし、特に性描写が入るようなものは読むのも苦手だからである。

しかし頼み込んでくるエレンは、いつになく真剣だった。

『今、女性に向けた恋愛小説が爆発的に売れているの。逆に冒険小説や推理小説は、びっくりするほど右肩下がりで……』

直接的な表現を避けているようではあったが、つまりマリアベルの売り上げが落ちているということだろう。

それは、アビゲイルも感じていることだった。書店での取り扱い冊数も少しずつ減っているし、原稿ができていても刊行のペースが明らかに落ちている。

そのためアビゲイルは副業として翻訳の仕事を始め、実を言えばそちらの方が実入りはいい。

元々アビゲイルはこの国の言葉以外に、オレアンズより北方で用いられるウルセリア語やエルペルド語なども堪能《たんのう》だ。出版社に頼まれ、翻訳の仕事もしているのだけれど、最近はこの手の恋愛小説を訳すことが多い。

実際、ミリナ書店ではアビゲイルの訳した本が堆《うずたか》く積まれている。オレアンズは移民が多く、特にウルセリア語を使うのは羽振りの良い貴族たちが多いので、その令嬢たちが小説を買っていくのだろう。

近頃は女性が本を読むことに好意的だし、その内容が多少激しいものでも問題視されることはなくなった。

今も年若い女の子が『オレアンズの情事』を手にアビゲイルの前を通り過ぎていくが、堂々としたものだ。

(好きな本を自由に買えるのは嬉しいけど、やっぱりちょっと複雑よね)

どんどん捌《は》けていく恋愛小説とは裏腹に、書店の奥にあるアビゲイルの冒険小説は手に取る者もまばらだ。

確かにこのままでは、シリーズの存続が危ういのもわかる。

『だからね、マリアベルにも恋愛要素を入れたいの！』

ひとまず今回書いたものはそのままで良いと言われたが、次巻からは恋愛要素を入れていきたいのだと告げるエレンの鼻息は荒かった。

『マリアベルにはジャックっていう素敵な相棒もいるし、彼との恋愛模様を期待している読者も多いと思うのよ！』

それにゲスト的な登場人物がマリアベルと良い雰囲気になった巻は売り上げが良いのだと、エレンは言っていた。

『苦手って言うけど、素質はあると思うの！　アビゲイルは心情描写がすごく得意だし、登場人物もみんな魅力的でしょう？　それにあなたが翻訳した恋愛小説はものすごく売れてるわ！　原文よりずっと良いって評判じゃない！』

前のめりでたたみかけてくるエレンに、反論したい気持ちはあった。けれど『このままではマリアベルが打ち切りになるかもしれない』とぼそっと言われ、結局アビゲイルは彼女の依頼を受けざるを得なくなったのだ。

小説を書く仕事はやめたくないし、それに何よりマリアベルが打ち切りになったらクリスが悲しむ。

だからやれるだけのことはやってみようと、ついに彼女は腹をくくったのである。

（とはいえ、正直自信はないけど……）

先ほどから市場調査を兼ねて客の動きを見ているが、人気があるのはやはり性描写のある過激な恋愛小説ばかりらしい。

エレンからは、そこまで過激なものでなくてもいいとは言われたが、それでも多少はその手のシーンが必要だろう。

だが正直、アビゲイルは官能シーンが苦手などころか正しく理解できているかも怪しいのだ。

訳したことはあるが、内容があまりに過激すぎて、いったい何が行われているのかすらわからなかったのである。

書いてあるとおりに訳したが、正直あれでよかったのか今でもわからない。

なにせアビゲイルは、その手の経験が皆無だ。今まで好きになったのはクリスだけだし、そもそもこの顔のせいで誰からも声をかけられないから、デートすらしたことがない。

だから『赤らんだ肉芽』がどこのことなのかも、主人公の相手役が言っていた『君はおいしそうに蜜をこぼすね』という言葉が、いったいどこを見てどんな気持ちで言っているのかもわかっていないのである。

この手の小説には挿絵もついていないし、本を片手に意味を教えてなんて言える相手もいない。

一度エレンに尋ねたことはあったが、『そういうのはクリスに聞きなさい』と言われてしまったし、ただでさえ多忙な彼女にあれこれ聞くのははばかられた。

それでも訳したものは読者に受け入れられて来たので今まで深く追究しなかったが、自分が書くとなったらそうもいかないだろう。

(聞けるとしたら、メイくらいかしら……)

アビゲイルと違い、妹のメイは恋に奔放《ほんぽう》で、常に複数の彼氏がいる。

実の妹とは思えないほど彼女はかわいらしく、愛想も良く、恋にも積極的なのだ。

オレアンズでは貴族も含めて婚前でも処女を守る意識はないし女性も性行為に躊躇《ためら》いがないが、その中でもメイは特別奔放だ。

そのせいでアビゲイルや父が迷惑を被ることもあるが、性交渉について聞くなら彼女が一番だろう。

(今日は家にいるって言ってたし、早く帰って色々教えてもらおうかしら)

メイは、気がつくとすぐ男のところに出かけてしまうから、捕まえるなら早い方がいいだろう。

そう思ったアビゲイルはエレンから資料用に買うよう言われた本を購入し、急いで自宅へと戻った。焦るあまりクリスの約束をすっかり忘れていたが、彼女はまだそのことに気づいていなかった。

「アビゲイル、少し話がある」

家でアビゲイルを待ち受けていたのは、妹のメイではなく父のフェルだった。

今日は仕事のはずなのにと思いつつ食堂に行くと、床やテーブルの上には割れたカップや皿が散乱している。どうやら、メイがひどい癇癪《かんしゃく》を起こしたらしい。

「何があったの？　メイはどこ？」

アビゲイルの言葉に長い沈黙が流れた。それでも根気強く返事を待っていると、父がため息と共にぽつりとこぼす。

「……出て行った」

「また、男の人のところ？」

「わからない……。だが、たぶんもう帰ってこないだろう」

予想外の言葉に、アビゲイルは思わず息をのむ。

そんな彼女に父が差し出したのは一通の手紙だ。宛名はアビゲイルになっているが、父は既に中を読んだらしい。

『お姉ちゃんへ
突然ですが、私はこの家を出て行くことにします。借金まみれの貧乏暮らしにはもう耐えられないし、お金のために結婚させられるなんてまっぴらです。悪いことは言わないから、お姉ちゃんも早く出て行った方がいいわ。あの人また借金を作ったみたいだから。

追伸　私のことは探さないでください。ダーリンが今よりずっと素敵な生活を保証してくれたので、私は彼と幸せに暮らします』

別れを告げるにしてはあっさりしすぎているが、それは確かにメイの字だった。

「お父様、メイに何を言ったの？」

「すまない……私のせいなんだ、すまない……」

そう言ってぽろぽろ泣き出す父を慰《なぐさ》めながら、アビゲイルはこっそりため息をつく。

感情的になると自制がきかなくなる家系なのか、父はギャンブルや無理な投資で借金を増やし続けるし、メイはそんな父を嫌い、当てつけのように様々な男と交際している。

そんな二人は些細《ささい》なことですぐ仲違いをし、いつもアビゲイルが間を取り持つのだ。あまりにすぐ喧嘩《けんか》をするものだから、いっそ別々に暮らした方が平和なのではないかと思ったことさえある。

「それで、何をしたの？」

「……メイに無断で、彼女の結婚を決めてしまって……」

「結婚って誰と？」

「オニール家の息子だ。借金を帳消しにする代わりに娘をよこせと言われて……」

「まさかそれを受けたの？」

信じがたい言葉に、アビゲイルは目を見張る。それを見て、父は小さく嗚咽《おえつ》をこぼした。

「受けたくなかったが、オニール家に多額の借金ができてしまったんだ。家も担保《たんぽ》に入れてしまったし、差し出せるものは何もなくて……」

俺は最低だと泣き出す父の背中をさすりながら、アビゲイルはメイが逃げ出すのも無理はないと思っていた。

父は一生懸命な人だが気が弱い。そのせいで分《ぶ》が悪いギャンブルや投資をさせられることが多く、借金はかさむばかりなのだ。

アビゲイルの稼ぎでようやく半分ほど返せていたのだが、この分だとまた相当な額を借りてしまったのだろう。

「私が働いて返すから、待ってもらうように言うわ」

「無理だ……。そもそも、あの家の息子は最初お前を相手にと言ってきたんだ」

「えっ……私？」

意外な話に、アビゲイルはつい聞き返してしまう。

「でもお前がいなくなったら他の借金が返せなくなるし、メイの方で手を打ってもらおうと思って……」

「もしかしてそれ、メイに言った？」

頷くフェルに、メイが怒るわけだとアビゲイルは納得する。普段から、フェルは自分の失敗を棚に上げて、遊び歩くメイに働け働けとうるさく言っていた。

その上、常にアビゲイルと比較し『お前にも何か才能があれば』とこぼしていたのだ。

姉と比較されることをメイが嫌がっているのはわかっていたから、アビゲイルは父にやめるよう言っていたが、妹からしたらそんな姉の気遣いもまた心地よいものではなかったのだろう。

近頃はアビゲイルにまで冷たく当たるようになっていたし、出て行ってしまうのも当然だ。

「本当に悪気はなかったんだ……」

「わかったからもう泣かないで。メイだって、考えを改めて帰ってくるかもしれないし」

慰めを口にしていると、誰かが屋敷の戸を叩く音がした。

「ほら、きっとメイよ！」

そう言って、アビゲイルは急いで玄関へと向かう。

だがそこで、彼女は安易に扉を開けたことを後悔した。

扉の向こうで待っていたのは、メイではなくガラの悪い男たちだったのである。

「お父さんはいるかい？」

男たちが下卑《げび》た笑みを浮かべた瞬間、奥の部屋で父が小さく悲鳴を上げたのがわかる。

（どうしよう、この人たち借金取りだ……）

前にも借金取りが屋敷まで来たことがあり、そのときは屋敷の中をメチャクチャにされて大変だったのだ。

だからこの手の輩《やから》は家の中に入れないよう、普段は扉さえ開けないのだが、父の話に驚きすぎて、つい確認を怠《おこた》った自分を悔やむ。

「父は留守なので、お引き取りください」

慌てて扉を閉めようとするが、それよりも先に男たちに足を差し入れられて阻《はば》まれた。

そのまま強引に中へと押し入られると、アビゲイル一人では太刀打ちできない。

それでも父が乱暴されないようにとその身体を押し戻そうとしたが、彼女の細い腕は男たちに容易《たやす》く捕らわれてしまう。

「放して……！」

腕と身体を乱暴に拘束され、アビゲイルは痛みを感じて悲鳴を上げる。だがそんな彼女を見ても、男たちは笑うばかりだ。

それに悔しさを感じていたとき、ぞわりとアビゲイルの肌が粟立《あわだ》った。

同時に得体の知れない寒気を感じていると、男たちの顔から突然笑顔が消える。

「その腕を放せ」

驚くほど冷たい声が響いた直後、アビゲイルの側にいた男の身体が突然吹き飛んだ。

突然のことに身動きがとれずにいると、男たちよりずっと逞しい腕がアビゲイルの身体を捉えた。

「大丈夫か？」

声が聞こえてきた方を見ると、そこにいたのはクリスだった。

アビゲイルを心配しているのか、その顔はひどく強張っていて、彼女は慌てて頷く。

彼の登場にほっとする反面、クリスの醸《かも》し出す空気の冷たさにアビゲイルは困惑していた。

騎士である彼が強いことは知っていたけれど、彼が戦う姿を見たのは数えるほどしかない。けれどそのときは、こんなにも冷たく鋭い眼差しと表情を浮かべてはいなかった。

「今から全員ぶちのめすから、ちょっと待っててくれ」

何やら恐ろしいことを言って、クリスはアビゲイルから腕を放し、後ろに下がらせる。

彼の巨軀《きょく》がアビゲイルと男たちとの間に割り込むと、側にいた男たちは次々殴り飛ばされ地面に転がっていった。

危機を察したのか、男たちの何人かは壁際まで退き震えていたが、クリスはそちらにも油断なく目を向ける。

「で、次は誰だ？」

クリスが静かに尋ねると、まだ立っていた男たちが脱兎《だっと》のごとく逃げ出していく。

倒れた仲間を引きずりながら去っていく姿はあまりに情けなくて、見ていて哀れになるほどだった。

同情を感じつつも脅威が去ったことに安堵《あんど》していると、アビゲイルの小さな身体にクリスの影が落ちる。

「腕、見せろ」

クリスが側に戻ってきたと気づき、アビゲイルが顔を上げると、同時に腕を取られた。

先ほどの男たちと違って、彼の手つきはひどく優しい。彼のぬくもりにほっと胸をなで下ろしていると、少し赤くなった手首をクリスが撫でた。

「ちょっと強く握られただけだから大丈夫。それよりありがとう、助かったわ」

撫でられるのはくすぐったくて、アビゲイルは腕を引きながらぎこちなく笑みを返す。

すると彼は、今度は頬に指を走らせてきた。

「無理して笑うな。怖かったろう」

気遣う声に、アビゲイルは今更のように自分が震えていることに気がついた。それに驚いていると、クリスが宥《なだ》めるように抱きしめる。

こんなに強く抱きしめられるのは子どものとき以来だったので、アビゲイルは動揺のあまり身を固くした。

逞しいことはわかっていたけれど、彼の胸は想像していたよりずっと分厚くて堅い。

なのに不思議と心地よくて、アビゲイルは思わず彼の胸板に頬を寄せてしまった。

(ずっと、こうしてたいな)

けれど今すぐ解決しなければいけない問題は山積みだし、この逞しい腕を独占し続けることなんてできはしない。

だからアビゲイルはゆっくりと彼の身体を押し、その腕から離れる。

「ありがとう。本当にもう、大丈夫だから」

遠ざかるぬくもりに寂しさを感じつつも、それを隠してアビゲイルは微笑む。

するとクリスもようやく小さな笑みをこぼし、最後にそっとアビゲイルの頭を撫でた。

「それで、あのガラの悪い奴らはいったい何者だ?」

「たぶん、借金取り……だと思う」

その詳細は、アビゲイルも知らない。だが彼女の家の事情に詳しいクリスは、全てを察したのだろう。

「フェルさん、ちょっと話を伺ってもいいですか？」

食堂からこっそりこちらを見ていたフェルに向かって、クリスが微笑む。

(何だろう、今日のクリス、ちょっと笑顔が怖いな)

けれどそのおかげで、父はついに観念したらしく、アビゲイルの知らない借金についての話を始めた。

父は真っ赤に腫《は》れた目をこすりながら、オニール家以外に高利貸しからも借金をしたことを吐露《とろ》し、アビゲイルはさらに落胆することになったのだった。


約八百七十万オルド。

父が隠していた借用書に記されていた金額を合算したアビゲイルは、あまりの額に身体をふらりと傾けた。

「おっと……！」

咄嗟にクリスが支えてくれたから倒れ込まずに済んだが、アビゲイルはそのままぐったりと彼の腕に身を預ける。

いつもならすぐに離れるところだが、今日はその気力もなく、彼に促されるまま書斎のソファに座る。

なにせ新しい借金の合計金額は、アビゲイルの収入だけでは返済までに九十年程はかかる額だった。もちろん本が売れ、原稿料が上がればもっと早まるが、それでもすぐに返せる額ではない。

屋敷や家財道具を売れば多少減るかもしれないが、亡き母との思い出が詰まったこの屋敷を手放すのは心が痛む。

(でも、なりふりかまってる場合じゃないわよね……)

屋敷まで押しかけてくるような高利貸しならば、利子は相当高いはずだ。下手をしたら返済が不可能なほどに膨《ふく》らんでしまうかもしれない。

辛い現実に落胆していると、彼女の頭をクリスがよしよしと撫でてくれたが、それに喜んだりドキドキしたりする余裕すら、今のアビゲイルにはなかった。

「落ち込むなアビゲイル。親父さんが金を借りた相手は悪徳の高利貸しばかりだし、俺が全部捕まえてやる」

「でも簡単に捕まえられるものなの?」

「借金の取り立てを理由に、近頃この手の輩が街で暴行事件を繰り返しているんだ。取り締まり強化の話は既に出ているし、全てを洗い出すには少々時間がかかるが、必ず捕まえ組織は解体させる」

「だとしたら多少は減るだろうけど、親切でお金を貸してくれた人も多いのよね」

そのお金は返さなければならないし、それだけでも相当な額だ。

「私は会ったことないけど、オニール家の方も、たぶん親切でお金を貸してくださったんだと思うし……」

「オニール家が親切……？」

そこで突然、クリスが苦虫をかみ潰したような顔をした。

「でも親切じゃないと、こんな大金、普通は貸してくれないでしょう？」

「いや、むしろ何かしらの思惑があるとしか思えない。オニール家の息子たちは俺の元部下だが、揃いも揃って性根が腐ったクズ野郎だぞ」

普段はめったに人の悪口を言わないクリスがそう言うほどだから、きっと相当手を焼いたのだろう。

「……そう、そんなクズが私の初めての求婚相手なんて、最悪ね……」

「待て、求婚？　その話は聞いてないぞ！」

「さっき話してた妹が逃げ出した結婚、あれはそもそも私に来てたそうなの」

それを父が断ったのだと教えれば、クリスは珍しく苛立った顔をする。

「他人事のように言うな！　結婚なんて絶対駄目だ！」

「でも見てよ……。返済のめどが立たなければ結婚させるって借用書に書いてあるし、期限が過ぎたら屋敷の権利を渡すとまで……」

「親父さんはこれにサインしたのか？」

「お父様、強く出られると断れないから……」

「だからって娘を担保にするなんてひどすぎるだろう!!」

まったくもってそのとおりだとアビゲイルも思っている。

ただそれでも、アビゲイルは父を見捨てられないし、嫌いになれないのだ。

『情けなくて抜けているところもある人だから、あなたが支えてあげてね』

まだ小さな頃、母は病の床でことあるごとにアビゲイルにそう懇願してきた。

その頃はまだ借金もなく、平和だったけれど、母はたぶんフェルの弱さを見抜いていたのだろう。

だからこそアビゲイルにフェルを頼んだに違いなく、母の必死な顔を思い出すと、たとえ父に腹が立っても自分がどうにかせねばと思ってしまうのだ。

母の言いつけを守り、アビゲイルは必死で小説を書き、翻訳の仕事も見つけ、何とか家計を支えてきた。

けれど一方で、アビゲイルが働けば働くほど父が鬱屈《うっくつ》した思いを抱えていくこともわかっていた。

投資に失敗し、借金を抱えたフェルは社交の場でいつも笑い者にされているらしい。さらには、娘ばかりを働かせる情けない父親だとも言われているようなのだ。

その辛さを、アビゲイルはわかっているつもりだ。

この顔のせいで、彼女もまた幼い頃から社交の場で心ない言葉をかけられ続けたし、何度も深く心を抉られた。

そのたびにクリスが『君は素晴らしい』『あんな奴らよりずっと特別な才能がある』と励ましてくれたから折れずにいられたけれど、アビゲイルよりプライドの高い父は友人たちの励ましすら重荷になっていたのだろう。

無理に金を借り、無謀な投資に走ってしまうのも、成功して周りを見返したいという思いが強いからに違いなかった。

それに見合う度胸と商才がないのは大問題だが、父の葛藤を思うと嫌いになったり見捨てたりもできないのだ。

「……結婚したら、お父様も少しは落ち着くかしら」

「おい、本気で言ってるのか？」

うっかりこぼれた言葉に、クリスが大きく目を見開く。

「うん。だってお父様が不安定なのは私が結婚しないからというのもあると思うの……。

それにこの家がなくなったらメイが帰ってくる場所もなくなってしまうし」

アビゲイルの家では今に始まったことではないし、手紙に書かれていた相手とうまくいく保障はない。

「だからって、アビーばかりが背負うことはないだろう！　それにさっきも言ったが、オニール家の奴らは本物のクズだぞ！　女性を見下しているし、『女は本など読まず、男の身体を慰《なぐさ》めているだけでいい』なんてことを平気で言うような奴らだ」

あまりの素行の悪さに騎士団が手を焼いていたくらいだと言われ、アビゲイルは思わず項垂《うなだ》れる。

「でも、お金が……」

「オニール家に借りたのはいくらだ？」

「二百七十万オルドだと思う」

「……そうか」

そのまま腕を組み、少し考え込んだ後、クリスは何かを決意するように頷いた。

「わかった、ちょっと出てくる。俺が帰ってくるまでは絶対に誰も家に入れるなよ」

「待って、どこに行くの？」

「すぐ戻るから、ともかく家にいろ。昼間みたいに勝手に一人でフラフラしてたら後で説教だからな」

睨《にら》まれて、アビゲイルは彼とランチの約束をしていたのだったと思い出した。

「ごめんなさい。出版社でも色々あって、私クリスのこと……」

「アビゲイルのうっかりには慣れてるし想定内だ。だが今だけはちゃんと守れ。むしろ徹夜で疲れているはずだろう、少し寝ていろ」

そんな場合じゃないと言いたかったけれど、それよりも早くクリスはアビゲイルの身体を軽々と抱き上げた。そのままアビゲイルをベッドに横たわらせると、その頬にそっと触れる。

「ほら、身体だって熱いしきっと熱があるんだ。だから少し休め、いいな？」

いつになく真剣なクリスの言葉に、アビゲイルは躊躇いながらも頷く。

身体が熱いのはきっとクリスに抱き上げられたからだと思うけれど、横になってみると身体はみるみる重たくなってくる。

昨日の夜はぐっすり寝たつもりだったけれど、そもそもそれまでの約三日間、アビゲイルは一睡もしていなかった。

もしかしたら、クリスはそれを見抜いていたのかもしれない。

（確かに私、色々無理をしていたのかも）

自覚すると瞼《まぶた》も重くなり、意識は眠りへと吸い込まれていった。

＊＊＊

久しぶりに深い眠りに落ちたアビゲイルは、懐かしい夢を見ていた。

『お前の才能は僕の……世界の宝だ。そして僕が、その宝を守ってやる』

夢の中で、美しいブルーの瞳をアビゲイルに向けていたのは、幼い頃のクリスだった。

『お前はただ、書き続ければいい。僕が、お前とお前の小説を守ってやるから』

今と違い、当時、クリスの身体は枯れ木のように細かった。でもその言葉は、今と変わらず力強かった。

(昔から、クリスはいつも、力強い言葉と眼差しで私を支えてくれた……)

そんな彼と仲良くなり、約束を交わしたときの光景を、アビゲイルは夢の中でぼんやりと眺めていた。

二人が仲を深めたきっかけは、アビゲイルの書く小説をクリスが偶然読んだことだ。

初めてアビゲイルの小説を読んだとき、クリスは泣きながら『素晴らしい』と褒めてくれた。

あまりに褒めるので、アビゲイルは嬉しさを通り越して恥ずかしくなったほどだ。

思わず『自分の小説はたいしたことがない』『みんなにもばかにされる』と弱音をこぼすと、彼はぎゅっと抱きしめてくれた。

『みんなは見る目がないんだ。アビゲイルは絶対、すごい作家になる！　その日まで、僕がアビーとアビーの才能を守る！』

その宣言どおり、彼はいじめっ子たちからアビゲイルを守るようになり、小説を書くたび素敵な感想でアビゲイルに自信を与えてくれた。

一人称が僕から俺に変わり、細かった身体も逞しくなり、国中の女性が見惚《みと》れるほどの男性に成長した今も、彼はあのときの約束を守り続けてくれている。

（でも、それもいつまで続くのかしら……）

そう思った瞬間、目の前にいたクリスの姿は消え、アビゲイルはたった一人、闇の中に残される。

急に心細くなり、クリスの名前を呼びたくなったけれど、果たして呼んでいいのかとアビゲイルは悩む。

自分はもう大人で、いじめられるような年でもない。

クリスが育んでくれた才能も無事芽吹き、仕事だって見つけることができた。

ならばもう、彼の腕に縋《すが》っていてはいけないのではないかと思うのだ。

アビゲイルは、クリスの名前を呼ばないよう口を引き結び、暗闇の中でじっと耐えた。

彼の姿を探さないように、瞼もきつく閉じる。

そして、そのまま耳も塞《ふさ》ごうと腕を持ち上げた瞬間、馴染みのある太い指が彼女の手首を掴んだ。

『逃がさないぞ、アビゲイル。お前はずっと俺の側で生きていくんだ』

耳元で聞こえた声に、アビゲイルははっと目を開ける。

視界はかすみ、頭はまだぼんやりとしていたけれど、夢から覚めたのだという漠然《ばくぜん》とした自覚はあった。

同時に、そこである異変に気づく。

(私、まだ寝ぼけてるのかしら……)

目の前に広がっている天井に、見覚えがないのだ。

ぼんやりしたまま、アビゲイルは目をこする。しかし何度こすっても、目の前の景色は変わらない。

「起きたか?」

突然アビゲイルの顔を覗き込んできたのはクリスだった。

夢の中とは違う、逞しく精悍な顔がすぐ側まで迫ってくると、アビゲイルはつい赤面してしまう。

「わ、私どれくらい寝てた?」

慌てて尋ねると、声がひどく嗄《か》れていた。

「三日くらいだな。熱を出して寝込んでいたんだ」

クリスの返事に驚くと同時に、アビゲイルは身体が動かしにくいことに気づく。

「そ、そんなに寝ていたの？」

掠れた声を恥ずかしく思いながら、アビゲイルは喉を押さえる。

少し眠っていたくらいの感覚だったけれど、確かにアビゲイルの身体はひどく衰《おとろ》えているようだった。

「医者に診《み》せたが、疲労と心労のせいだと言われた。いつまた借金取りが来るともわからないあの家に置いておくこともできないから、俺の家に運び、三日間看病していたんだ」

「じゃあ、ここはクリスの家……なの？」

「気づいてなかったのか？　昔はよくここで遊んだだろう」

その言葉を聞きながら辺りを見ると、部屋の間取りや調度品には確かに覚えがある。

「まさか、クリスの部屋……？」

「ああ。客間より、俺の部屋の方が落ち着けるかと思って」

けろっとした顔で笑うクリスを見た瞬間、アビゲイルは今更のように掛けられていた毛布から彼の香りがすると気がついた。

（嘘、じゃあこれクリスのベッドなの……!?）

途端に胸がドキドキし始めて、アビゲイルは彼の香りから逃れようと無理やり身体を起こす。

だが重い身体に鞭《むち》を打ち、半身を起こしたところで、彼女は見覚えのない夜着を着せられているとわかって唖然とした。

かわいらしいデザインだが、夜着姿を晒《さら》すのは恥ずかしくて、彼女は慌てて毛布を引き上げる。

「あんまり動くと、熱がぶり返すぞ」

一方クリスは、アビゲイルの夜着姿を見てもなんとも思っていない様子である。

顔色一つ変えず、彼女を再びベッドに寝かそうとするクリスはまったくもって普段どおりだ。

「もう少し寝てろ」

「寝てなんていられないわ」

クリスの香りがするベッドで眠るなんて冗談じゃない。それに、身体を起こしたことで、今更のように自分が寝ている場合ではないことを思い出したのだ。

「メイの行方を探さないといけないし、それに借金のことも……」

「安心しろ。もうどちらも解決済みだ」

「嘘言わないで。病み上がりかもしれないけど、現実ぐらいちゃんと受け入れられるわ」

「だったら信じろ。アビーを悩ますものは、もう何もない」

　そこでにっこり微笑まれ、アビゲイルは戸惑いの言葉を呑み込んだ。

「メイの居場所はちゃんと摑んである。どうやら海運業を営む貴族に見初められ、彼の家で平穏に暮らしているらしい」

「ほ、本当に？」

「部下にきっちり調べさせたから間違いない。真っ当な相手らしいし、メイの方もぞっこんだそうだ」

　それならひとまずよかったと、アビゲイルは少しだけ胸をなで下ろす。

「借金も問題ない。高利貸しもあらかた捕えたしな」

「でもオニール家の借金は？　もしかして、返済を延ばすよう説得してくれたの？」

「いや、全部返済した」

　あまりに何気なく言われ、アビゲイルはぽかんと口を開ける。

「……今なんて？」

「返済したと言った。オニール家のも、元々あった借金も全部」

　そこでもう一度、アビゲイルは「えっ……」と情けない声を出す。

「冗談よね？」

「ははは っ！」

「わ、笑ってるってことは冗談よね？」

「いや、アビーがあんまり間抜けな顔をしているからつい」

そこでクリスは腹を抱え、おかしそうに笑う。

それにつられてアビゲイルも力なく笑っていると、笑いすぎたクリスが軽く咳《せ》き込みながらアビゲイルを見つめる。

「あ、冗談じゃないぞ。そんな性質の悪い冗談は言わないし、お前の家の借金を全部返したのは本当のことだ」

今度は間の抜けた声すら出せず、アビゲイルはぎこちない笑みを浮かべたまま固まった。

それを見たクリスは、そこで再び笑い始めるが今度はつられなかった。

「……待って、本当に返したの？」

「ああ」

「全額？　本当に全額!?」

「全額だ。お前の屋敷にあった請求書を全部確認したから、間違いない」

「な、なんで!!」

「なんでって、借金のせいでお前は倒れたんだぞ。それに身売りまがいの結婚までさせられそうになったんだ。そんなのおかしいだろう」

だとしてもなぜクリスが返すのかと尋ねようとしたとき、彼の大きな手がアビゲイルの頭にぽんとのる。

「昔、お前とお前の才能を守ると誓っただろう。だから、その約束を守ったまでだ」

「でもあんな大金をぽんと返しちゃうなんて」

「むしろもっと早くにそうしたかったんだ。だがアビーが自分で何とかしたいって言うから、可能な限りその意思を尊重するつもりだった」

しかしもう待てないと、クリスが小さな声でこぼす。

「倒れたお前を見たら、我慢の限界だった。だからこの日のために貯めた金を使うことにした」

「この日のため……？　それは、どういう意味？」

「アビーを助けるために、剣術や武術の大会に出て、賞金を貯めていたんだ」

クリスの言葉で、アビゲイルは彼が剣術大会で前人未踏の三連覇を果たしたという話を思い出す。

騎士の一員として参加していただけだと思っていたが、彼の言葉を信じるなら、どうやら全てアビゲイルのためだったらしい。

それを思うと喜びに胸が震えそうになるが、喜んでいる場合ではないと心の中で自分を叱った。

「私のために使うなんてどうかしてるわ！」

「なぜだ。それでアビーの生活が楽になるなら安いものだろう」

「だって私たち、幼なじみとはいえ赤の他人よ」

「他人なんて言うな。俺たちは、もっと特別な関係だろう？」

クリスの熱のこもった眼差しに、アビゲイルはつい期待したくなる。

もしかしたら彼の中にも、自分を好きな気持ちが欠片《かけら》くらいはあるかもしれないと。

だからこそ、アビゲイルのためを思って行動に出てくれたのかもしれないと。

「お前がオニール家の誰かと結婚すると言い出したとき、正直怖かった。アビーを失うかもしれないと思い、すぐに借金を返そうと決めたんだ」

「あの、それって……」

自分を好きだからそこまでしてくれたのかと、アビゲイルは尋ねたくなる。

だが次の瞬間、それまで輝いて見えていたクリスの表情が、どこか情けないものになった。

「もし、アビーがアビーの才能を理解しない奴と結婚したら、マリアベルの続きはどうなる！　小説をやめさせられたらどうなる！　そう思ったら、いても立ってもいられなかったんだ！」

「……あ、そっち」

「もう二度と彼女に会えないのではと思ったら、行動を起こさずにはいられなかった！

マリアベルの新作が読めなくなったら、俺の人生は終わりだ」

「……あ、うん……」

　相づちを打つアビゲイルの声と表情から、段々と感情が欠落《けつらく》していく。だがクリスがそれに気づく様子はない。

　それどころか彼は、この世の終わりでも来たかのような顔でベッドをぼふぼふと叩き、マリアベルを失うわけにはいかないと独り言を繰り返している。

（まあそうよね、クリスだものね……そうよね……）

　わかっていたのに、うっかり期待してしまったのは、きっと熱で頭がおかしくなっていたせいだろう。

　マリアベルへの愛情を拗《こじ》らせすぎたクリスが、アビゲイルに好意を抱くなんて万が一にもあり得ないのだ。

「ともかく、俺はお前も、お前が書くマリアベルも失うわけにはいかない！　だから今後、お前を煩《わずら》わせるものは全て俺が排除する」

「……本気……なの？」

「当たり前だ。そうできるよう根回しも済んでいる。だからアビーは、小説の執筆に専念すればいい」

　むしろそうしてくれと詰め寄られ、アビゲイルは躊躇いながらも頷いた。

クリスは昔から、こうと決めたらてこでも動かない。

特にアビゲイルの小説や、マリアベルに関係することでは、アビゲイルの話さえろくに聞かないのだ。

「とりあえず、あの、ありがとう。あなたのおかげで、心の荷が下りたわ」

「じゃあ、これで執筆に専念できるか？」

「ええ。でもだからこそ、お金の方は時間がかかってもちゃんと返すわ」

小説を書くということは、仕事を続けられるということだ。ならば自ずとお金は入ってくるし、金額が金額だけにできるだけ返済はしたい。

「別にいい。金なら余ってる」

「そこはけじめをつけたいの。利子の代わりに書き下ろしの短編小説をつけるから、だめ？」

「短編小説……」

「マリアベルの、ささやかな日常物語なんてどう？」

「わかった、返済してもらおう」

見事な手のひら返しに呆れると同時に、我ながら良い提案を思いついたとほっとする。

「ただ、時間はかかってしまうと思うけどかまわない？　小説の売り上げが落ちているみたいだから、収入にちょっと不安があるの……」

「え？　売り上げが落ちている!?　アビーの小説が？」

「ええ、残念ながら最近はマリアベルのような冒険小説はあまり売れないみたいで……」

「確かに、書店でも恋愛小説が増えているな……。だがきっと、アビーの小説はまた流行るだろうし、返済だってゆっくりでかまわない。さっきも言ったが、今後はずっと、側でアビーを守ると決めたから」

「ずっと側でなんて大げさね」

「大げさじゃない。そのために、根回しもしたって言っただろう」

　そこでにっこり微笑まれ、アビゲイルは嫌な予感を抱く。

「……クリス、もしかしてあなた、私にまだ伝えてないことがあるんじゃない？」

　借金の返済の他にも、アビゲイルが寝ている間に重大なことをしでかしたのではないかと思い尋ねると、そこでクリスがあっと声をあげる。

「そうだった。アビーに渡すものがあったことを忘れていた」

　直後、クリスはアビゲイルの左手を取ると、その薬指に金の指輪をはめる。

「……宝石がついているものの方がアビーに似合うと思ったが、小説を書くのに邪魔になりそうだから、シンプルなものにしたんだ」

「待って、クリス待って」

「さすがに質素すぎたか？　気に入らないなら、明日新しいものを買い直してくるが」

「待って、ちゃんと人の話を聞いて」

ようやく黙ったクリスの顔前に、アビゲイルは左手を突きつける。

「それで、これは何なの？」

「指輪だ。婚約者には渡すものだろう？」

「婚約者って？」

「結婚したかったから、そういうことにした」

意味がわからないという顔をすると、クリスはまたにっこり笑う。

「結婚すれば一生側にいられるだろう？　お前を守るには一緒に暮らすのが一番だと、今更ながら気づいたんだ！」

良い考えだろうと胸を張るクリスに、アビゲイルの顔から再び血の気が引いた。

「ちょっと待って、あなたと私は結婚するの!?」

「オニール家の奴と結婚できるくらいなら、俺としたっていいだろう？　俺はアビーの一番の理解者だし、才能を無駄にさせないし、誰よりも大事にできる自信がある！」

その後もクリスは自分との結婚がいかに名案であるかを口にし続けていたが、彼の突飛な考えはアビゲイルの理解を超えすぎていた。

「あなたってばかなの!?」

「そりゃあ博識なアビーと比べたら頭は良くないが、だからこそ、結婚についてはちゃん

と考えたぞ」

まったくもってそうは思えないが、クリスは本気でそう思っているらしい。

（うん、これは夢ね。いくら何でも、こんなばかなことが起きるわけないわ）

理解を超える出来事にアビゲイルの脳は思考を止め、意識はゆるやかに遠のいていく。

そのまま、抵抗することもなく目を閉じた。

そしてその後、アビゲイルはさらに二日間寝込むこととなったのだった。

第二章

目覚めれば、全ては夢になると思っていた。

けれど、五日近く寝込んで目を覚ますと、夢どころか予想もしない現実が待っていた。

「アビーが式はやりたくないって言うから、来週教会で誓いだけ交わしてくる」

「何を言っているんだ馬鹿者、アビゲイルちゃんはかわいいんだからドレスくらい着せなさい。そして我々に見せなさい」

クリスの言葉を、彼にそっくりな顔が真面目に受け止めている。

（これも、夢かな……）

そう思うけれど、ベッドの上でつねった手の甲は痛かった。

しかしある意味、アビゲイルが置かれているのは夢のような状況である。

なにせ凛々しい顔立ちの男たちが、アビーに優しい微笑みを向けているのだ。

（夢っていうか、今流行の恋愛小説みたい……）

ベッドの上のアビゲイルを囲んでいるのは、バレット家の血を引く三人の男である。

一人はもちろんクリス。先ほど言葉を返したのは彼の父であるバートで、そんな二人の様子を苦笑気味に眺めているのはクリスの兄ルークである。

それぞれ世代は違うが、男性的な魅力と色気を持つ彼らは、オレアンズ中の女性たちが結婚相手にと憧れる存在だ。

そんな三人と同じ部屋に入れられていると、アビゲイルは少し落ち着かない。

昔から家族ぐるみの付き合いがあったので緊張することはないけれど、三人揃うと迫力も色気も増して見え、病み上がりの身には刺激が強い。

（全体的に、バレット家の人たちって逞しすぎるのよね……）

代々、バレット家は有能な騎士を輩出する家柄で、バートもルークも元騎士なのである。

特にバートはかつて『伝説』とまで呼ばれた騎士で、大戦の英雄だ。騎士を引退した後、彼はオレアンズ最大の綿花農場と紡績《ぼうせき》工場を買い取り、経営してさらなる富を築いたが、今でも戦場が恋しいと息子たちにこぼしているらしい。

そんなバートとアビゲイルの父フェルは騎士団時代のルームメイトで、アビゲイルとクリスが身分の差を気にせず一緒にいられるのもそのときの縁があるからだ。

バートはアビゲイルを小さい頃から知っているし、娘のようにかわいがってくれている。

とはいえ突然息子の婚約者だと言われればさすがに慌てるだろうと思ったのに、見舞いにやってきたバートはずっとこんな調子なのだ。

「アビゲイルちゃん、遠慮はしなくていいんだよ。お義父《とう》さんが嫁入り道具を買ってあげるから何でも言いなさい」

慌てることも怒ることもない代わりに、バートの鼻の下は伸びきっている。それだけでも反応に困るが、デレデレのバートにクリスが対抗意識を燃やしているのも頭が痛い。

「アビーに貢《みつ》ぐのは俺の役目だ！　それに、さりげなくお義父さんとか気持ち悪い呼ばせ方をするな！」

「かわいい娘にお義父さんって呼ばれるのが夢だったんだからいいだろう！　むさ苦しい息子ばかりで日々の潤《うるお》いが足りなかったんだ！　私も、かわいい子を甘やかしたい!!」

ついには言い争いまで始めた二人に、アビゲイルは声をかけることもできずに固まった。

「……それくらいにしろ。アビーが困っている」

そこで、二人をたしなめてくれたのはクリスの兄ルークだった。

彼の容姿は亡くなった母親似だそうで、家族の中で唯一髪が黒く、バートやクリスと比べると物静かで知的な印象だ。

また、クリスとバートが色々と突飛なせいか、説明役や調整役になることが多いルークはかなりの常識人に思えた。

「……だが、もしドレスを買うなら、やはり白がいいと思う」

とはいえ、今回の件に関することでは、彼もちょっとおかしい。

（ルークお兄様なら、私との婚約を反対してくれると思ったのに……！）

三人揃って、あまりにあっさりアビゲイルとクリスの婚約を受け入れている。それが、アビゲイルにはどうにも解《げ》せない。

「みんな少し落ち着いて……。もっと他に、考えるべきことがあるでしょう？」

「あ、式の日取りはもちろんアビゲイルちゃんが決めるといい」

「バートおじさま、ちょっと冷静になって。式はしないし、そもそも婚約だってクリスが勝手に決めたことよ」

それを先ほどから説明しているのだが、きちんと伝わっている気がしない。

「私のような、身分もお金もない相手と結婚させちゃ駄目よ。それに、みんなは知らないかもしれないけれど、私は社交の場ではつまはじき者だし」

キツい顔のせいで、アビゲイルは今もなお性格が悪い令嬢だと勘違いされがちだ。かわいげがないから行き遅れているのだとさえ言われている。

「私のせいで、バレット家の評判に傷がついたら困るでしょう」

自分だけで済むなら気にしないが、バレット家に迷惑をかけるほど、アビゲイルに対する誤解は広がっている。

それにクリスと同様、ルークも未婚だ。

ルークに素敵な相手が現れたとき、『性格の悪い義理の妹がいるから嫁ぎたくない』なんて言われてしまったら大変だとアビゲイルは思うのだが、それを口にすると、なぜだかバートが目頭を押さえた。

「我が家のことをそこまで考えてくれるなんて、やはりアビゲイルちゃんは天使だ……！　我が家は君を歓迎している！　クリスのようなトンチキな息子を理解してくれる相手はなかなかいないからな！」

トンチキ呼ばわりされたことに、クリスが少々複雑そうな顔をする。

だがそれ以外のところで、父の言葉に異を唱えるつもりはないらしい。

「父上の言うとおりだ。俺は他人の評判など気にしないし、そもそも、性格の悪い女どもが何を言おうとバレット家の評判に傷などつかない。むしろアビーが嫌なら、悪い噂を流している相手を俺がどうにかする」

今すぐ手を打とうと言い出し、悪口を言った女の名前を全部教えろとクリスは詰め寄ってくる。

「クリス、なんだか顔が怖いわ」

「アビーを守ると言っただろう。だから、排除して欲しい奴がいればそうする」

冗談だと思いたかったが、クリスの顔は本気だった。どうやら彼は、アビゲイルが倒れたことで今まで以上に心配性になってしまったらしい。

「そ、そんなことはしなくていいわ！　自分のことを言われる分には、あまり気にならないし」

そう言いながら、ぐいぐい迫ってくるクリスを押し返せば、彼は渋々といった顔で追及をやめる。

「アビーが気にならないならいいが、嫌なことがあったら言うんだぞ」

「わ、わかったわ」

「よしじゃあこの話はやめにする。……それで、アビーは何色のドレスがいい？」

クリスがにっこり微笑むと、バートとルークも穏やかな表情でアビゲイルに頷いた。

「本当に遠慮しなくていいんだ。それに、実を言うとクリスの式用の資金は既に貯まっているんだ」

任せろと言いたげに、バートはそう言って胸を叩く。

「父上は、俺がアビーと結婚するとわかっていたのか？」

「いや、アビゲイルちゃんがお前を選んでくれるとはまったく思っていなかったぞ」

ただ……と、バートはそこでクリスに苦笑を向けた。

「色々あって、近いうちにお前には何が何でも結婚してもらうつもりだったんだ」

バートの言葉はクリスも初耳だったのか、彼は目を見開く。

「何だって!?　俺はマリアベルちゃんとしか結婚しないと、散々言っていただろう」

「だが、お前を甘やかしてもいられない事情ができてな」

そこでバートは、チラリとルークの方を見遣《みや》る。

含みのある視線にクリスとアビーが首をかしげていると、言葉の先を続けたのはルークだった。

「実を言うと、私は子どもができないとわかってな」

ぽつりとこぼされた驚きの事実に、アビゲイルとクリスは顔を見合わせる。

ルークが身体を悪くしていたのは、二人とも知っていた。

ルークは騎士時代、バートに並ぶ英傑と呼ばれていたが、あるとき、オレアンズの第三王女レイデを狙った襲撃事件が起き、犯人を追う中でひどい怪我を負ってしまったのである。

一時は命も危うかったほどの大怪我で、アビゲイルも何度も見舞った。

今でこそ歩けるまでに回復したが、その怪我が原因で彼は左目の視力を失い、身体の感覚も昔より鈍ってしまったらしい。

痛みや温度を感じにくくなっていて、触られたときの反応が鈍く、そんな状態で騎士の仕事を続けるのは無理だと、彼は騎士団を辞したのだ。

その後は、バートが興した事業の手伝いをしており、そろそろ家督を継ぐという話も出ていたはずである。

「何人かの女性と見合いをしたが、どうしても身体がな……」

「つまり、勃《た》たないのか」

クリスの直截的な言葉にアビゲイルが赤面すると、言葉を選べというようにルークが咳払いをする。

「色々試してはみたし医者にも通ったが経過は芳《かんば》しくない。だから跡継ぎはクリスに任せるしかないと話していたんだ」

「お前は絶対嫌がると思ったが、このまま伯爵家を廃《すた》らせるわけにはいかないからな」

ルークとバートの言葉に、クリスは困ったようにアビゲイルを見た。

だがそんな目で見られても、アビゲイルだって何も言えない。

(子作りってことは、つまり恋愛小説みたいなあんなことやこんなことをするのよね……)

結婚するのなら当たり前だけれど、色々なことが起きすぎていて、アビゲイルは貴族の義務について失念していた。

そもそも、クリスが勝手に決めた結婚なんて、家族に受け入れられるはずもないと思っていたので、そこまで考えが及んでいなかったのである。

しかし、ルークとバートの話が本当なら、二人がアビゲイルたちの結婚を拒まないのはわかる。バレット家は由緒正しい家柄だし、健康なクリスが子どもを作らないなんて許されるわけがない。

「もちろんアビゲイルちゃんは仕事を続けてくれてかまわない。だがいずれは、かわいい孫の顔を見せて欲しい」

バートに深々と頭を下げられ、アビゲイルはさらに慌てる。

断るなら今しかないと、アビゲイルの理性が告げている。むしろ今断らなかったら、クリスは好きでもない相手と子どもを作る羽目になってしまうのだ。

(でももし断ったら、クリスは他の誰かと結婚するのかな)

そう思うと、言うべき言葉は喉の奥に張りついて出てこない。

マリアベルを愛するクリスでも、家のためだと言われればきっと相手を見つけるだろう。

彼が結婚し、子どもを抱く姿を想像した瞬間、アビゲイルはそれだけは嫌だと思ってしまった。

(クリスを、他の誰かに渡したくない……)

彼のことは諦《あきら》めていたはずだったのに、小説のためとはいえ、クリスが自分を結婚相手に選んでくれたことで、彼との未来を心の奥では期待してしまっていたのだろう。

彼がはめてくれた指輪を外し、自分よりクリスにふさわしい誰かに渡さねばと思うと、胸が苦しくて仕方がない。

「何か心配事でもあるのかい？　もし何か希望があるなら何でも叶えるから、遠慮せずに言ってくれ」

黙り込んだアビゲイルを心配するように、バートが優しく微笑みかける。

その横にクリスとルークが並び、三人から気遣うような視線を向けられると、断りの言葉は喉の奥で消えてしまった。

「……ドレスは着たくないんだけど、だめかしら？」

代わりにこぼれた言葉に、三人は残念そうな顔をしたが、たぶん一番落胆したのはアビゲイル自身だ。

(私って、本当に自分勝手で意気地なしね……)

ごまかしの言葉と笑顔しか浮かべられない自分を、アビゲイルは心底嫌いになりそうだった。

＊＊＊

結婚に関することはなるべくシンプルにしたいというアビゲイルの申し出もあり、二人の結婚は式もなく、教会で署名をするだけに終わった。

花嫁のドレスを着て、美しく着飾ってクリスの隣に立つことを夢見てはいたけれど、ただでさえ多額のお金を借りてしまっている身の上で、これ以上の負担をかけたくなかったのだ。

それにこの結婚がうまくいくという保証もない。幼い頃から一緒だったとはいえ、友人と夫婦は違うだろう。クリスとの新しい生活が平穏無事に済むかどうかはわからない。

「そういえば今日の教会、マリアベルの四巻で彼女が相棒のジャックと出会った教会だったな」

これからの生活に不安を抱くアビゲイルとは対照的に、クリスの方は相変わらずだ。

「ステンドグラスの下にたたずむマリアベルの美しさを想像して、変な声まで出そうになった」

さすがに今日は少し緊張しているかと思ったけれど、この様子だとマリアベルのことを妄想していただけだろう。表情が硬かったのも、きっとにやけてしまうのを我慢していただけに違いない。

「そういえば、最新作のマリアベルちゃんだが……」

式を終え、屋敷に戻り、夫婦の寝室に入ってからも、クリスはずっとマリアベルの話ばかりしている。

まあそもそも、昔から顔を合わせればそればかりなので慣れてはいるが、あまりにいつもどおり過ぎて不安にもなってくる。

(この後何をするか、本当にわかっているのかしら)

クリスはラフな部屋着に、アビゲイルは夜着に着替えてベッドに座っているが、初夜らしき雰囲気はまるでない。

(薄々感じてはいたけれど、クリスは私のことを女として見てないわよね)

跡継ぎをという話のときも困った顔をしていたし、そもそも彼がアビゲイルと結婚しようと思い立ったのは小説を守るためなのだ。

だとしたら、とりあえず結婚はするが、夫婦の営みなんてするつもりはなかったのかもしれない。

「話をしていたら、マリアベルの四巻が読みたくなってきたな!」

言うなり、クリスはベッド脇に積み上げられた本の山に手を伸ばす。

(うん、絶対女として見られてない……。これっぽっちも意識されてない)

こんなことで跡継ぎは大丈夫なのかと思う気持ちもあるが、これほどいつもどおりだと、指摘するのも馬鹿らしくなる。

だからアビゲイルは本を手に寝転がるクリスの隣に横になり、さっさと毛布を被った。

「もう寝るのか？」

「ええ。でもクリスは好きなだけ本を読んでいて」

「明るいと眠れないんじゃないか？」

「私は平気よ。こう見えても結構図太いから」

仕事が忙しくなると、昼夜が逆転してしまうこともざらにあるし、机に突っ伏したまま寝てしまうことだってある。だから明かりくらいどうってことないと微笑むが、クリスはそこで眉を寄せ、本をもとの場所に戻した。

「アビー……」

彼はアビゲイルの側に手をつくと、突然顔を覗き込む。

「な……なに？」

「顔色を見ている。今日はずっと赤いから、まだ熱があるのかと思って」

頬に触れられ、アビゲイルの身体はさらに熱くなる。そのせいで顔も赤くなったのか、クリスの顔はみるみる不安げになる。それに慌てたアビゲイルは、誤解だと首を大きく横に振る。

「色々緊張することもあったし、そのせいよ」

熱で倒れてからもう二週間以上経っているし、その間十分に睡眠もとれたので、体調は万全だ。確かに少し体力は落ちたが、そろそろ仕事を再開しようと思っていたくらいである。

「じゃあ、元気なのか？」

「ええ。もしかして、元気がないように見えた？」

「……最近浮かない顔ばかりしているから、風邪を拗らせているのかと思っていた」

浮かない顔になるのは結婚のせいだと言いたかったが、初夜にそれを言うのはばかられた。

「いきなり環境が変わったから、疲れていただけよ。それに、数日前までは万全とは言えない状態だったし」

「確かに、色々急すぎてアビーに負担をかけたかもしれない」

アビゲイルの言葉に、クリスが申し訳なさそうに目を伏せる。叱られた犬のような顔はなんだかかわいらしくて、だからアビゲイルの怒りや戸惑いはいつも長続きしない。

「クリスに振り回されるのには慣れているから大丈夫よ。新しい生活にも、きっとすぐに慣れるわ」

そう言って、宥めるようにクリスの頬をそっと撫でた。

すると、クリスはなぜかびくりと震えると、目を見開き、じっとアビゲイルを見つめてくる。

いきなり触って驚かせたのだろうかと思ったが、それにしてはクリスの纏《まと》う雰囲気が違う。

いつになく真剣な顔が妙に色っぽくて、それを見ているとアビゲイルの喉が小さく鳴った。

「アビー」

「な、なに……？」

「今、猛烈《もうれつ》にキスしたいんだがかまわないか？」

「えっ、き、キス……!?」

「嫌だと言われても無理やりしてしまいそうなんだが、どうしよう」

「どうしようって、そんなこと私に言われても困るわ。そもそも、あなたの思い描いていた結婚に、こういうことは入っていたの？」

尋ねると、クリスは少し考え込む。

「正直に言えば、父や兄から子作りしろと言われるまでは入っていなかった」

やっぱりそうかと、アビゲイルは改めて落胆する。

「俺の身体を興奮させるのはいつもマリアベルだったし、アビーが望まないなら、マリアベルの妄想で抜こうかと思っていた」

「も、もうちょっと言葉を選んで!!」

「すまない。俺はアビーと違って語彙《ごい》が貧弱だから、他に良い言い方が思いつかなくて」

そこでまたしゅんとされ、アビゲイルの戸惑いは行き場をなくす。

「……アビーも、俺とはしたくないだろう？　昔、『男の人は嫌いだから、一生結婚せずに生きていく！』と言っていたし」

確かに、前に一度そんな啖呵《たんか》を切ったことはある。

クリスから『アビーは結婚しないのか？』と聞かれ、彼を好きだったアビゲイルはそんな嘘でごまかしたのだ。

それに実際、アビゲイルはどちらかと言えば男性が苦手だ。小さい頃、男子によくいじめられたせいで、今も苦手意識が強く残ってしまっている。

だから恋人を作りたいと思ったこともないし、何よりクリスへの想いが強すぎたから、一生結婚せずに小説を書いて暮らしていこうと決めていたのだ。

「アビーが嫌がることはしたくない。俺は、お前を守るために結婚したんだからな。お前が不快な思いをするなら結婚した意味がない」

やり方は強引だったし、きっかけはマリアベルと小説だったかもしれないけれど、クリスはアビゲイルの身を案じてくれているのだろう。

その心遣いは嬉しいし、そんな誠実な彼が改めて好きだと思ってしまう。

「確かに、男の人は今も苦手だけど、クリスのことを嫌だと思ったことは一度もないわ」

「本当に？」

「ええ。それにクリスとあなたの家族には数え切れないほどの恩があるし、私にできることがあるならしたいから」

うまくできるかどうかはわからないけれど、クリスが嫌でないなら身体を重ねることも受け入れられる気がしていた。

「ただ、もっと綺麗な人と結婚した方が、かわいい子どもができるのにとは思うけど……」

「何を言ってるんだ。アビーは誰よりも綺麗だ」

力強い声で、クリスが断言する。

不意打ちの褒め言葉にアビゲイルが再び赤面すると、戸惑う彼女の唇をクリスがそっと親指でなぞった。

「俺は昔からずっと、アビーは世界で一番綺麗でかわいいと思っていた」

「い、今更お世辞なんて言わなくても逃げ出したりしないわ……」

「お世辞じゃない。現実の女性に見向きもしない俺が言っても説得力はないだろうが、アビーはすごく魅力的だ」

まっすぐな言葉はあまりに衝撃的で、アビゲイルは呼吸すらままならなくなる。

「だから、子作りしろと言われたときも、すんなり受け入れられた。今は、お前を抱きたくて仕方がない。その顔は反則だろう」

「か、顔……って……ん!?」

言うなり唇を啄《ついば》まれ、アビゲイルは戸惑いの声をあげる。

少しずつ深まるキスと共に、クリスがアビゲイルの上にゆっくりのしかかってきても、抵抗する気持ちにはならなかった。

押し潰さないよう身体の位置を調整しながら、クリスの厚い胸板がアビゲイルのささやかな胸に合わされる。すると不思議なこそばゆさが全身を駆け巡った。

「クリ……ス……待って……んッ」

キスの合間に言葉を絞り出すが、何度も重なる唇のせいで、声はかき消えてしまう。

それでもアビゲイルの言葉は聞こえているだろう。けれどクリスのキスは深くなるばかりだ。

肉厚な舌は戸惑うアビゲイルの舌に絡みつき、くちゅくちゅと音を立てながら口内を犯し始める。

（キス……すごい……）

角度を変えながら差し入れられる舌に翻弄《ほんろう》され、アビゲイルは身体を固くする。

今まで挨拶のキスくらいしかしたことのないアビゲイルには、クリスのキスは刺激が強すぎた。

一方で、クリスは躊躇いも戸惑いもなく、アビゲイルの唇を奪い続ける。さりげなくアビゲイルの頬を撫でたり、髪をかき上げる手つきには余裕さえ見て取れる。

（もしかしてクリスは、誰かとしたことがあるの？）

マリアベルに夢中だった彼に恋人がいたとは思えないが、男性は性処理のため女性を抱くこともあると聞く。

特に騎士たちは、危険な任務で興奮した身体と心を落ち着かせるために娼館に通うことも多いと言うし、クリスがそうしていてもおかしくはない。

他の誰かにしたのと同じキスをされているのだと思うと、つい切ない気持ちがこみ上げてしまう。

（私、こんなに面倒くさい女だったかしら……）

恋愛小説の主人公のように、キス一つで一喜一憂してしまう自分が情けない。

その上、クリスの舌使いに乱れるだけで、満足な反応すらできていないのだ。

「アビー……？」

戸惑いが顔に出ていたのか、クリスがキスを中断し、瞳を覗き込んでくる。

「下手、だったか？」

「そ、そんなことないわ……」

むしろ上手すぎて落ち込んでいるとは言えず、アビゲイルはもごもごと口ごもる。

それを口にしてしまえば自分の経験のなさが知られてしまうし、キス一つで戸惑うような女性は面倒くさいと思われてしまうのではと不安だったのである。

（前にメイも、処女は面倒くさがられるって言ってたし、クリスも冷めてしまうかも……）

不安を覚えて押し黙っていると、クリスがそこでもう一度アビゲイルの唇を啄んだ。

「嫌だったらやめるから、ちゃんと言え」

「い、いやじゃない……」

「本当だな？　じゃあ脱がせるぞ」

「えっ……？」

脱がせるどころか引きちぎる勢いで、彼はアビゲイルの身体から夜着を引き剝がそうとする。

強く引っぱられたせいで、夜着は無残にも背中から破れてしまった。

突然のことに慌て、アビゲイルは破れたそれを急いで引き寄せ前だけは隠すが、このありさまではもう二度と着れないだろう。

「ちょっ、ちょっと!?」

「すまん、力加減を誤った。夜着はまた新しいのを買ってやる」

クリスは、アビゲイルが押さえていた夜着をさっと奪い、ベッドの下にぽいと投げ捨ててしまった。彼女に残されたのは下着だけになり、外気に晒された肌がわずかに震える。

そしてそれを見たクリスが少しだけ慌てた。

「寒いか？　なら、すぐ温めてやる」

言うなり、クリスは自分の纏っていたシャツを脱ぎ捨て、アビゲイルを温めるようにぎゅっと抱きしめた。

「ああ、アビーの匂いがするな」

「く、くさいってこと？」

「いや、すごく落ち着く」

彼はアビゲイルの首筋に顔を埋め、何かを堪能するように息を吸い込む。アビゲイルは彼の鼻先に耳の下あたりをくすぐられて、なんとも言えないむずがゆさを感じてしまう。

「ここにもキスしていいか？」

「い、いちいち聞かないで……」

「わかった。好きにしていいということだな」

嬉しそうな笑い声がしたかと思えば、クリスはアビゲイルの首筋に唇を押し当ててきた。

最初は優しく触れるだけだったのに、いつの間にかクリスの舌先はくすぐるように上下している。

「そんなに、舐《な》め……ないで」

「嫌か？」

「ゾクゾクして、あっ、変に……」

舐められているのは首筋なのに、全身に甘美なしびれのような刺激が駆け抜けていく。苦痛でも不快でもないし、むしろ心地よくて、心も身体も蕩けてしまいそうなほどだ。

「アビーは首が弱いんだな」

静かにこぼれたクリスの声も、いつもよりずっと甘くて優しい。それを聞いただけでもしびれは増していき、アビゲイルの身体はわずかに震えた。

「下着もとっていいか？」

「そ……それはまだ……」

「ならば、もっと温めてからにしよう」

言うなり、クリスは無骨な指先でアビゲイルの脇腹をそっとなで上げる。

「く、くすぐったい……」

「それだけか？」

それ以外に何があるのかと思っていると、クリスの指先が先ほどよりもゆっくりと肌の上を滑った。

すると確かに、くすぐったさだけでなく、甘く切ないしびれが触れられた場所から広がり始める。

「あっ……だめ……」

外気に晒されて少し冷えた腹部を何度も撫でられるうちに、自分のものとは思えない甘い声が漏れた。

「ここ、か」

「ふ、ぁ……」

へその少し下あたりを執拗に撫でられると、鼻から抜けるような声がさらにこぼれる。

同時に、びくんと腰が跳ねて、アビゲイルは慌ててシーツをぎゅっと握りしめた。

「……今更の確認だが、アビーは誰かと肌を重ねたことがあるか？」

「と、とつぜん……ンッ、どうしたの？」

再度首筋にキスを落としながら、クリスが尋ねてくる。

だがアビゲイルはうまく言葉が紡げない。口を開けば甘い吐息ばかりがこぼれてしまうから、声を発するのが難しいのだ。

「感度が良さそうだから、経験があるのかと」

そんなものあるわけないと言いたかったのに、次の瞬間こぼれたのは、悲鳴にも似た声だった。

「そこ……駄目ッ……」

気がつけば、クリスはアビゲイルの下着をずり下げ、彼女の秘裂に指をかけていた。そこを強くこすられた途端、得も言われぬ刺激が弾け、アビゲイルは身体を震わせ喘《あえ》いでしまう。

「やぁっ、触らな……やだぁ」

腰を浮かせ、ビクビクと痙攣するアビゲイルの姿に、クリスが目を見開く。

驚いたような顔はどこか引いているようにも見えて、アビゲイルは違う意味でも泣きそうになる。

実際、アビゲイルの目は潤んでいた。初めての快楽に呼吸がままならなくなり、息苦しさと混乱で勝手に涙が溢れてくるのだ。

「苦しいの……クリス、おねがい……」

やめて欲しいと言いたくて、アビゲイルは潤んだ瞳でクリスを見つめた。

するとなぜか、秘裂をなぞっていた指の力が増し、無骨な指先が襞を割って入ってくる。

「ふあ……ンッ……!」

その上クリスは、喰らいつくようにアビゲイルの唇を再び貪《むさぼ》ってきた。

同時にぐっと中を押し開かれ、指先がアビゲイルの内側をいやらしく嬲《なぶ》る。

自分の内側を撫でられるのは初めてで、未知の感覚はアビゲイルに恐怖をもたらす。

けれど身体はあっけなく彼の指をくわえ込み、さらに奥へと誘うように蜜をこぼしてしまうのだ。

ジュクジュクという、いやらしい音が少しずつ大きくなっていき、それがアビゲイルの熱をさらに高める。

「ん、──ああっ！」

もたらされた悦楽の大きさに耐えられず、アビゲイルはクリスから唇を放してしまうほど仰け反り、あられもない声をあげた。

そんな彼女を見つめるクリスの眼差しは、いつもの穏やかなものとはまるで違う。

「アビゲイル……」

名前を呼ぶその声も、自分を見つめる眼差しも、まるで飢えた獣を思わせる渇望《かつぼう》に満ちている。一瞬でも目をそらせば、骨の髄《ずい》まで喰らい尽くされてしまいそうな視線は恐ろしくもあるが、アビゲイルを強く興奮させるものでもあった。

いっそ喰らい尽くされたい、彼のものになり好きにされたいという思いが脳裏を過《よぎ》り、アビゲイルの奥からまたトロリと蜜がこぼれる。

「あっ、やぁ、クリス……ああっ」

目をそらせず、身動きもとれずにいるアビゲイルにクリスはさらなる快楽を植え付けようと強く指を動かす。

蜜に濡れた指先で彼が触れたのは、アビゲイルの小さな肉芽だ。

他人に触れられたことのない小さなつぼみを刺激されると、彼女は全身を震わせ喘いだ。

「ああっ、あ、いや……」

艶めかしい声をあげ、やめて欲しいと懇願するが、クリスは花芯と共に彼女の内側を撫で続ける。

「やだ、いや……」

溺《おぼ》れそうになるほどの快楽に、アビゲイルは甘い悲鳴を上げた。

押し寄せる法悦はあまりに強くて、心地よさ以上に強い恐怖を感じる。

（身体が……変に、なりそう……）

意思とは関係なくこぼれる声も、震える身体も、そしてその変化を促すクリスの指先も、アビゲイルは恐ろしくてたまらなかった。

このままでは自分が保てなくなり、何か別の存在に作り替えられてしまうようなそんな感覚さえ生じてくる。

「んっ……ふぁ……」

既に、変化は始まっていたのかもしれない。気がつけばアビゲイルの内側に入り込む指は二本に増やされ、出し入れされる指は卑《いや》しい蜜に濡れていた。それを見ていると身体がかっと熱くなり、アビゲイルの内側がクリスの指をキュッと締め付ける。

でもそれでも物足りないと、身が震えて止まらない。

何か――力強い何かが欲しいと思ってしまった瞬間、アビゲイルははっと我に返り、クリスの手から逃れるように身体を引いた。

「いや……だめ、いやなの――！」

引いた身体から指が抜けた瞬間、たまらない寂しさが身体を駆け抜ける。それどころか、喪失感を埋めるために、アビゲイルの腰はビクンと大きく震えてしまう。

(どうしよう、怖い――。私、おかしくなってる)

意思とは関係なく、淫らに震える身体が恐ろしくて、アビゲイルは枕に顔を埋める。

その目から大粒の涙がこぼれると、クリスが戦《おのの》く気配がした。

「すまない、怖かったか?」

肌が触れあわないよう気を遣いながら、クリスがアビゲイルの顔を覗き込む。

戸惑い、どこか傷ついたようにも見える彼の顔に、アビゲイルは軽率に嫌だとはね除けてしまったことを悔やむがもう遅い。

「お前の嫌がることはしない。だから泣くな、頼むから」

破いた夜着の代わりに、クリスは床に落ちていたガウンをアビゲイルに羽織らせ、かき集めた毛布をさらにその上から掛けてくれた。

それからそっと腕を回し、宥めるようにアビゲイルの背中を撫でてくれたが、その気遣いが今は余計に心苦しい。

「やはり無理をさせていたんだな。気づかなくてすまない」

もう嫌なことはしないと何度も繰り返され、アビゲイルは慌てて涙を拭《ぬぐ》う。

彼は十分優しかったのに、恐怖に負けてしまった自分が情けなかった。

「ごめんなさい。私ただ、自分の変化に驚いてしまって」

「強がらなくていい」

「ほ、本当に大丈夫なの。あの、私こういうのは……」

初めてだからと言おうとしたけれど、うまく言葉にできない。

その様子を見つめていたクリスは、困ったように眉根を寄せる。

「とりあえず、今日はもう寝よう。お前も今日は疲れただろう？」

言うなり、クリスはあっけなくアビゲイルから離れた。

予想外の幕切れにアビゲイルが言葉を失っていると、彼はベッドの上にごろりと横になる。

「寝よう」

「で、でも……」

「元々急ぐつもりもなかったんだ。だからほら、おいで」

そう言って抱えこまれ、子どもをあやすように頭を撫でられてしまうと、アビゲイルは何も言えなくなる。

クリスは昔から切り替えの早い性格だったが、こうもあっさりやめられるとは思っていなかった。戸惑いつつその横顔をじっと見つめるが、彼は目を閉じ完全に寝る体勢になっている。

（でも、そうさせたのは私よね……）

自己嫌悪に陥《おちい》りながら、アビゲイルも仕方なく目を閉じた。

そうしていると、身体に燻《くすぶ》っていた熱は静まり、代わりに言いようのない切なさが残る。

クリスの腕をはね除けたのは自分なのに、また触って欲しいと思っているのだ。けれど

そんな卑しい自分を知られたくなかった。

だからアビゲイルは、クリスに少しだけ近づいて、罪悪感と戦いながら眠りについた。

第三章

「それじゃあお休み！」

今から訓練にでも出かけそうなほど元気な声と共に、クリスは触れるだけのキスをアビゲイルの額に落とす。

「お、お休みクリス」

そしてアビゲイルも、クリスの頬に触れるだけのキスをする。

アビゲイルのキスに微笑んで、クリスはベッドに入ると、勢いよく毛布をかぶり目を閉じた。

（……えっ、いいの？　今夜もこれでいいの？）

目を閉じるなり、あっという間に寝息を立て始めたクリスを見て、アビゲイルははっと我に返るがもう遅い。

クリスと結婚してから三日が過ぎたが、最初の夜以来、クリスとアビゲイルは戯《たわむ》れのようなキスしかしていない。

この三日間、クリスは新婚生活を満喫しろと上司に言われて休みを取らされていた。故に彼はずっと家にいて、片時もアビゲイルの側から離れなかった。

（なのに何もなかった……）

初夜の失態を挽回《ばんかい》すべくアビゲイルはずっと身構えていたのだが、夫婦らしい営みは一度としてなかった。

友人同士だった頃と同じように、本を読んだり寄り添い合ってくつろいでいるうちに、あっという間に三日が経ってしまったのだ。

今日の昼過ぎに、様子を見に来た父のフェルと三人でお茶をしたりもしたが、それ以外に変化は何もなかった。そのとき父から『仲良くやりなさい』と言われ、アビゲイルは正直返事に困った。

（いや、仲良くはしていると思うんだけど……）

これが夫婦として正しい形なのか、アビゲイルにはわからない。そもそも片思いしかしたことがないアビゲイルには、男女の正しい形なんてわからなかった。

でもそれを尋ねられる人はいない。

妹のメイは今度こそうまくやっているようで顔さえ見せに来ないし、借金がなくなった父はようやく冷静になったのか『もう誰からも金は借りないし、二人の邪魔はしないよ』と言ってさっさと帰ってしまった。

となれば、相談できるのはバートとルークしかいないが、初夜が済んでいないのを二人に知られるのは何となく気まずい。

（かといって、本人には質問しづらいし……）

そもそも、クリスは今以上の関係に進む気があるのだろうかと疑いたくなるほど、結婚前と様子が変わらない。

だからアビゲイルは悶々《もんもん》とした気持ちで、眠るクリスの隣で膝を抱える。

暢気な寝顔を見ていると恨めしい気持ちになるけれど、一方で彼を独占している喜びも確かに感じていた。

（こうしてみると、ちょっとかわいいのよね）

普段は騎士らしい男らしさに溢れているクリスも、眠っているときは少し幼く見える。

それを見ているとつい笑顔になってしまい、いつまでも彼の寝顔を眺めていたくなってしまうのだ。

朝も昼も夜もクリスと一緒にいて、食事をして、本を読んで、他愛ないおしゃべりをする日々は幸せだ。

結婚する前としていることは変わらないけれど、それでもやはり妻として側にいられることは夢のように思えるのだ。

（……でも、やっぱりそれだけじゃ駄目よね）

いくら借金がきっかけの結婚であっても、妻になったからには、跡継ぎを残さなければならないし、アビゲイルだってそうしたい。

明日からはクリスも仕事だし、アビゲイルだって執筆を再開しなければいけない。

（だから今夜こそ、ちゃんとしないと……）

夫婦の時間が少なくなる前に、せめてキスより先に進まなければまずい。

アビゲイルはそっとベッドを下りると、部屋の隅《すみ》に置かれていたチェストの前に静かに移動する。

（恥ずかしいけど、でも、これだったらきっと……）

彼女はクリスが寝ていることを再度確認し、纏っていた夜着をゆっくりと脱ぎさる。

裸になったあと、チェストの裏に手を突っ込み、小さな包みを取り出した。

中に入っているのは、以前アビゲイルが小説の資料用に買ったきわどい夜着だ。

資料用なので身につけたことはないし、むしろ捨てたつもりでいたが、どういうわけかクリスが実家から運んできてくれた荷物の中に、これがまぎれ込んでいたのである。

見つけたときはびっくりして、慌ててチェストの裏に隠したが、今はこれがきっと役立つだろう。

そう信じ、アビゲイルは意を決して、きわどい夜着を身につけた。

(私は胸もないし、こういうのを着けた方がきっとその気になってくれるわよね)

下着を着けないタイプの夜着は、肌が透けるほど薄い布地でできていて肌寒い。そもそも身体を覆う面積が狭《せま》く、果たしてこれは服と呼べるのかと疑問を覚えるほどだ。

けれどこういう服を着ると、男の人は興奮するのだとアビゲイルは小説で何度か読んだ。だからクリスも同じように自分を抱きたくなるはずだと信じ、彼女はそっとベッドに戻る。

(……でも、ここからどうしよう)

クリスの側に戻ったものの、彼は目を覚ます気配がない。騎士なのだからもう少し人の気配に敏感になった方がいいのではと心配になるが、微動だにしないのだ。

(やっぱり声をかけないと駄目……よね……)

もしくは、キスをすべきかしらと迷うが、クリスの顔に唇を近づけるのはひどく恥ずかしい。

(いや無理、キスなんて無理……)

ただでさえかわいげのない顔なのに、それが起きて目の前にあったら、クリスは幻滅してしまうかもしれない。

そう思うと動けなくなり、アビゲイルは中途半端に腰を折ったまま、動けなくなる。

(首ならいけるかしら……。いやでも、やっぱり手くらいにしておこうかしら……)

それか髪でもいいかもしれないと思っていると、何の前触れもなく、クリスの目がぱっちりと開いた。

そのまま彼と目が合い、アビゲイルは固まってしまう。

クリスも、動かずにじっとアビゲイルを見つめている。

暗闇の中で見つめ合ったまま、二人の間には長すぎるほどの沈黙が流れた。

何か言わねばと悩みに悩み抜き、それでも何も思い浮かばず瞬きを繰り返していると、そこでクリスが身体を起こした。

「そんな薄着では、風邪を引くぞ」

そう言って、彼はまるで何事もなかったかのように、アビゲイルに毛布を掛けた。

それから、毛布の上からアビゲイルの肩をぽんと叩き、もう一度横になる。

「お休みアビー」

先ほどとまったく変わらぬ笑顔を浮かべてから、クリスはすっと目を閉じる。

(え……?)

クリスは確かに、アビゲイルの全身を見ていた。きわどい夜着をつけていたのにも気づいたはずだ。

(なのに……)

マリアベルのことを語るときの半分も興奮していなかったと思った瞬間、アビゲイルの目から大粒の涙がこぼれる。

（私、本当に色気がないのね……）

胸がないことは自覚していたし、顔だって可愛くないとわかっていた。

それでも最初の夜はキスをしたいと言ってくれたし、多少なりとも興奮する要素はあると思っていたが、それもきっとアビゲイルの誤解だったのだろう。

（むしろ本当は、全然興奮してなかったのかしら……）

初夜くらいはアビゲイルの相手をせねばと思い、気を遣って頑張ってくれたのかもしれない。

でもやはり無理だったから、その後まったく相手にされなかったのだと思えば、自分への関心のなさにも説明がつく。

「私、クリスの好みじゃないんだ……」

気持ちと共に言葉までこぼれ、アビゲイルは泣きながら毛布をぎゅっと握りしめる。

「私っ……なんかじゃ……」

「お、おい!?　どうした!?」

嗚咽をこぼしながら泣くアビゲイルに、さすがのクリスも目が覚めたのだろう。

けれどやはり彼がアビゲイルに色気を感じている様子はない。

「具合が悪いのか!?」

「違う……」

「じゃあ、どうした!?」

「見てわからない……?」

「……怖い夢を見たのか?」

見当違いの回答に、悲しさを通り越して苛立ちさえ覚えてくる。

「ばか……クリスのばか……!」

アビゲイルは子どものように泣きながら、ついクリスに当たってしまう。

そこでようやくハッとした顔をして、クリスは跳ね起きながら毛布をめくった。

「……夢じゃ、なかったのか」

「ゆ、夢って、なによ……」

「すまん。アビーが俺を誘惑するという、都合の良い夢を見ていたのかと思った……」

「夢ならいっそ、手を出そうとか思わなかったの?」

「そういえば、思わなかったな……」

言いながら、クリスは一度剝いだ毛布をもう一度アビゲイルに掛ける。

「隠したってことは、やっぱり見るに耐えないってこと……?」

「違う!　ただ、俺もちょっと混乱していて……」

それからクリスは毛布ごとアビゲイルを抱き起こし、彼女の頬を伝う涙をゴシゴシと拭った。

「その服、どうしたんだ」

「……クリスが好きかと思って」

「……嫌いでは、ない」

「その言い方、あんまり好きじゃないときに使うわよね」

自分の言葉が失言だったと思ったのか、クリスは青ざめる。

「そんなことはない！　ただ、アビゲイルにはあまり……」

「似合わないって思ったのね……」

再び泣きそうになるアビゲイルを見て、クリスは慌てた様子で彼女を抱きしめる。

「いや、そういう服を着るとは思わなかったから、動揺した、すまん」

「でもこういうのを着ないと、何もしてくれないかと思って」

「して欲しいと、思ってくれていたのか？」

「だって、私たち夫婦でしょう？」

質問に質問で返すと、クリスはアビゲイルの頭に頬ずりをしながら小さくうめく。

「だが俺は、あまり急ぎたくなくて……。父や兄が言っていたことも、気にすることはないし……」

「嘘はつかなくていいのよ。その気になれないなら、そう言ってくれてかまわないの」

「その気はある!!　ただ、アビーは俺にとってあまりに尊い存在だから、嫌われたくなかったんだ」

　そこで言葉を切ると、クリスはアビゲイルから腕を放す。

　アビゲイルはそれを拒絶だと勘違いしかけたが、それよりも早く、彼は先ほどとは違う抱き方でアビゲイルに腕を回した。

「……見せたいものがある」

　言うなり毛布ごと抱き上げられ、アビゲイルは慌ててクリスにしがみつく。

「あの、どこへ行くの……？」

「俺が、アビーに手を出せなかった理由を見せに行く」

　そして彼は、廊下に人がいないのを確認してから部屋を出た。

　見せるとはどういうことかと困惑するアビゲイルを抱えたまま、クリスが向かったのは屋敷の屋根裏部屋だった。

「この部屋、昔私たちがよく遊んだ場所よね？」

「ああ。そこを少し改装したんだ」

　言いながら、クリスは薄暗い屋根裏部屋の奥へと進み、大きな棚の上に置かれた燭台に火を灯す。

　明かりが灯った部屋の中には、クリスが子ども時代に使っていたベッドやソファなどの家具が配置され、奥には書き物机や棚などが並んでいた。

「前は、ソファしかなかったわよね」

「色々運び込んだんだ。一人になりたいとき、ここで本や小説を読めるようにと思って」

クリスはそんな説明をしながら、部屋の一番奥にある壁の前でアビゲイルを下ろした。

なぜこんな場所でと思いながら壁を見ると、そこには新聞や雑誌などの記事が貼られていて、横の棚には見覚えのある本が並べられていた。

「あの、この壁は何？」

「『女神の壁』と、俺は呼んでいる」

「め、女神？」

「見出しだけでも読んでみてくれ」

言いながら、クリスが壁に燭台を近づける。その明かりを頼りに記事を見たアビゲイルは、あっと息をのんだ。

「これ、見覚えがあるわ」

壁に貼られていたのは、どれもアビゲイルが書いた小説に関する記事や書評だった。そのほか、本の広告などもいくつか貼られている。

「全部、私の小説に関するものなの……？」

「横の棚に並んでいるのも、全部アビーの本だ」

そう言って、クリスはどこか不安げな顔でアビゲイルをじっと見つめる。

「何度も言うようだが、アビーの小説は俺の全てだ。俺の命はアビーの小説が握っていると言っても過言ではない。つまりそれを生み出すアビーは俺の女神にも等しい存在なんだ。もはや宗教と言ってもいいかもしれない」

気持ち悪くてすまないと、クリスは珍しく殊勝《しゅしょう》なことを言う。

常日頃からアビゲイルの小説やマリアベルへの愛を叫ぶことに余念のない彼だが、さすがにこれは引かれると思ったのだろう。

「むしろ、色々集めていてくれて嬉しいけれど」

「本当か？　壁に貼ったものを眺めてにやけたり、心の中ではアビーを女神と呼んでいる俺でも引いたりしないか？」

「引くと言うより、恥ずかしいかも……」

女神という顔ではないので、申し訳ない気持ちにもなる。

ただクリスは、アビゲイルの言葉に心底ほっとしたらしい。

「それを聞いて安心した。アビーに嫌われたら俺は生きていけないし、言うべきか迷っていたんだ」

「大げさすぎるわ」

「大げさではない。この壁もいつバレるかと心配だったし、それに三日前のことも、実はずっと気にしていた……」

　ぽつりとこぼすクリスの横顔は、いつになくしょんぼりしている。それを見て、アビゲイルは彼もまた、初夜の失敗を引きずっているのだと気がついた。

「もしかして、私に嫌われたくないから、何もしなかったの？」

「そのとおりだ……。最初の晩はお前の美しさにやられて欲望に負けてしまったが、すごく後悔している」

　嫌がるアビーに無理強いをしてしまったと続いた言葉に、アビゲイルは慌てて彼の腕に手を置いた。

「き、嫌ったりなんてしないわ。むしろ、私の方こそ嫌われたかと思っていたの」

「嫌うなどあり得ない！　先ほども言ったが、アビーは俺の女神なんだ！」

　そんなに力強く言われると恥ずかしいが、クリスにはもはや躊躇いはなかった。

「俺はずっと、アビーの小説に救われてきた。その証もここにある」

　そう言って、クリスは近くの棚からアビゲイルが子どものときに書いた小説の束を取り出した。

　クリスは整理整頓が苦手なはずだが、アビゲイルの小説だけは時系列順にまとめ、紙が湿気らないよう大切に保管していたらしい。

「アビーが俺にくれた小説は、一つ残らず取ってある」

「えっ！　全部？」

「当たり前だ！　母が死んだときも、いじめっ子に泣かされたときも、これがあったから俺は折れずにやってこれたんだ」

自分はアビゲイルの小説に多大な影響を受けているのだと、彼は豪語する。

（嘘みたいだけど、でもこの量は本当に全部取ってあるのかも……）

小さい頃から何百という小説を書いてきたため、作者であるアビゲイルでさえ、その内容や題名を全ては把握していない。

だが紙の束を手に、「これは、アビーが十四歳のときに書いたものだ。食事をテーマにした小説が読みたいと言ったら、わざわざ書いてくれたもので……」と説明し出すクリスは、内容はもちろん書いた時期まで覚えているのだろう。

「読んだ後は、捨てていると思っていたのに……」

「捨てるわけないだろう！」

「でも私、あの頃は何かしらの短編を書いてはクリスに押しつけていたし」

「たった五行の物語でも、俺にとってアビーの書いた物語は特別だ。……例えばほら、紙がなくて手帳の切れ端に書いたのも取ってあるぞ」

もはや落書きに近いが、それを愛おしそうに見つめるクリスの顔には恍惚《こうこつ》とした笑みが浮かんでいる。

「ああ……、こうして手にしているだけで、初めて読んだときの感動や興奮が蘇るな」

「さ、さすがにそれは冗談よね？」

「俺は記憶力だけは良いんだ。だからこうして保管したものを、時折読んだり、触れたり、匂いを嗅《か》いだりして当時の思い出を堪能している」

「に、匂い……？」

「インクと、紙と、あとこれはアビーがこぼした紅茶の香りがする」

そう言ってノートを差し出されたが、正直アビゲイルにはよくわからない。

でもたぶん、彼にはわかるのだろう。そして一つ一つの思い出を、彼は今も大事に取ってくれているのだ。

「いずれ、この壁の前に祭壇を作るつもりなんだ。そうすれば、アビゲイルの作品に対して毎日感謝を捧げられる」

「いや、それはさすがにやめた方がいいと思うわ……」

「だが、作品に対する愛と感謝を捧げる場が欲しい！」

だからといって祭壇はやり過ぎだ。それでも彼の気持ちは少なからず嬉しい。

(本当に、彼は私の小説が好きなのね……)

だから、それほどまでに好きなものを生み出すアビゲイルのことを、女神だと言い切る気持ちが少しだけわかった気がした。

「だが愛するあまり、俺は臆病にもなっていた……」

けれどもう迷わないと、クリスはアビゲイルをぎゅっと抱きしめる。

「アビーの小説が好きすぎて、俺はお前の前では冷静でいられなくなることが多い。そのことでお前に迷惑をかけることもあると思うが、決して傷つけたいわけではないんだ」

それだけはわかってくれと訴えるクリスに、アビゲイルは頷く。

「わかってるわ。あなたが大事にしてくれているのは、ちゃんとわかってる」

浮かない顔をしたクリスの頬をそっと撫でると、彼はようやく笑顔を取り戻す。

「だからこそ、あなたをがっかりさせたらと不安なの。私、小説以外の取り柄もないし、いつも迷惑をかけてばかりだし、クリスに嫌われたらって、いつもそればかりだから」

「さっきも言ったが、俺がアビーを嫌うなんてあり得ない」

「でも私、小説のことを考え始めるとすぐ夢中になるし、それであなたを待ちぼうけさせたことなんて何回もあるでしょう?」

アビゲイルの言葉に、今度はクリスが彼女を宥めるように頬を撫でる。

「小説に夢中になるのはいいことじゃないか。待ちぼうけについては、何かあったのではないかと心配はするが気にしていない」

「初めての夜も、その、私、色々失敗してしまったし……」

「アビーは何も失敗していないじゃないか。むしろ俺の方が急ぎすぎて愛想を尽かされたのではないかと不安だった」

あの晩も実は寝たふりをしていたんだと告白するクリスに、アビゲイルはほっとする。

(不安だったのは、私だけじゃないのね)

恋愛感情とは違うけれど、同じ気持ちでいたことがなんだか特別な繋がりのように感じられて、アビゲイルは嬉しくなる。

「俺はこれからもお前の一番のファンでいたい。……それを、許してくれるか？」

「もちろん、あなたは私にとって一番大事な読者よ。それは、これからも変わらないわ」

「本当か？　嫌ったりもしないか？」

「ええ。だからこれからも、私の小説はあなたが一番に読んでね」

そう言って微笑んだ次の瞬間、クリスはアビゲイルを強く抱き寄せた。そしてそのまま唇を奪われ、彼女は驚いて身を固くする。

「……す、すまない。あまりに嬉しくて、つい……」

今更のように慌て出すクリスに、アビゲイルは驚きながらもふふっと噴き出す。

「き、嫌いになったか？」

「そういうわけじゃないの。ただ、急だったから驚いてしまって」

「嬉しくなるとアビーにキスしたくなる気持ちは前々からあったんだが、どうも最近はそれが抑えきれなくなっているらしい」

真面目な顔でため息をつくクリスに、アビゲイルはさらに驚く。

「……えっ？　私に、キス……したくなるの？」

「ああ。アビーが嬉しそうに小説を渡してきたり、俺の感想を喜んでくれるたび、キスしたいと思っていた」

そんな自分はおかしいのだろうかと苦悶《くもん》するクリスに、アビゲイルはなんと答えるべきか悩む。

（キスをしたくなるのは普通じゃないけど、でも、クリスはまっすぐな性格だから、表現が過剰になってしまうところがあるのかも）

祭壇を作りたいとまで言い出す彼だから、女神の偶像にキスをしたくなるのと同じようなことなのかもしれない。

恋人同士が抱く愛おしさとは別ものだと思うが、ある種の愛情表現ではあるのだろう。

「だが、お前が嫌ならしない」

「い、嫌ではないわ」

「本当か？」

食い入るように見つめられ、アビゲイルは大きく頷く。

「さっきも言ったけど、あなたにキスされたり、触ったりされるのは、嫌じゃないの」

「俺もそうだ。だからこそ、気持ちが昂ると歯止めがきかなくなる」

「そしてキスしたくなったり、祭壇を作りたくなるわけね」

アビゲイルの冗談に、クリスがようやくいつもの笑みを取り戻す。

「そういうばかな俺を、嫌いにならないでくれると嬉しい」

「大丈夫よ」

だってもう、アビゲイルは長いこと彼だけを愛している。

(嫌いになるなんて、絶対にあり得ない)

「よかった。……もう一度アビーに触れてもいいか？」

クリスの言葉に、アビゲイルはゆっくりと頷いた。

するとクリスは、彼女を優しく抱き上げて側のベッドに横たえる。

大柄なクリスには少し小さいベッドは、二人が横になるとかなり狭い。

「窮屈《きゅうくつ》じゃない？」

「くっついていれば平気だろう？」

言いながら、クリスは熱っぽい視線を向けてくる。

一方アビゲイルは、いざ距離が近くなるとやっぱり緊張してしまう。

「怖いか？」

「違うの、ただ経験がないから慣れないの……」

「ない……のか？」

「ええ。だから、恋愛小説を書くのも困ってるくらい」

うっかり自分で暴露してしまい、すぐさま後悔する。

「ごめんなさい、メイにも言われたけど、初めての女は重いわよね……」

「いや、初めてだと聞いて、今ちょっとまずい」

まずいということは、やっぱり嫌になったのだろうかと不安になる。

けれどクリスの表情を窺おうと顔を上げた瞬間、下りてきたのは優しい口づけだった。

「我慢しようと思っていたのに、たがが外れそうだ」

「た、たが……？」

「なぜかはわからないが、お前の初めての相手が俺だと思うと、マリアベルの第一巻を手に取ったとき以来の興奮が……」

そのままぎゅっと抱きしめられると、彼の腰のあたりにあるものが膨らんでいることに気づいた。

経験が少ないアビゲイルでも、恋愛小説は読んでいるので、クリスがどういう状態であるかはわかった。

（もしかして、私に反応しているの……？）

強く抱きしめられるほど、腰のものが硬くなっているのがわかる。アビゲイルの身体もなぜだか火照《ほて》り、小さく震えてしまった。だがそれを、クリスは恐怖からくるものだと思ったらしい。

「大丈夫だ。怖がらなくていい、無理強いはしない」

「いいえ、怖くはないわ。それに、クリスはこのままでは辛いのではないの？」

「一人で処理するのは得意だから問題ない。なにせ俺の最愛の人は小説の中から出てこないし、ずっと自分でどうにかしていた」

「つまり、いつもはマリアベルのことを考えながら、していたってこと？」

「ああ。お前が小説に書いた情報をもとに、マリアベルのあんなことやこんなことを想像しながらしていた」

「……それはちょっと、聞きたくなかったかも」

呆れるのと同時に、この後もマリアベルを思いながら一人で身体を静めるのだろうかと思うと、なんだか嫌な気持ちになる。

「私がいるのに、マリアベルでするんだ……」

うっかり、拗ねた気持ちが口からこぼれる。言ってしまってから、なんてばかなことを口走ったのかとアビゲイルは焦った。

だが発言を撤回するより早く、切羽詰まった様子で、クリスが彼女をベッドに押し倒した。

「……今のは、反則だ」

「え？」

「今の拗ねた声、たまらない」

「あっ……んッ……ンンっ！」

ベッドの上でぎゅっと抱きしめられ、再び激しい口づけを施される。

「我慢しようとしているのに、煽《あお》るようなことを言うなよ」

「あ、煽って……ないわ……」

「煽ってる。今日のアビーは、いつもの五百倍くらいかわいい」

それは褒め言葉と受け取っていいのだろうかと悩むが、向けられた眼差しは真剣だった。

「最後まではしないから、もう少しだけアビーに触れさせてくれ」

熱を帯びた声で言われれば、嫌だなんて言えるはずがない。

それに、触れたいと望んでいるのはクリスだけではないのだ。

「じゃあ私も、あなたに触っていい？」

質問の答えは、先ほどとは比べものにならないほど獰猛《どうもう》なキスで返ってきた。

アビゲイルの戸惑いと吐息を奪いながら、クリスの舌が口内を激しく犯していく。

いやらしく音を立てながら舌を扱かれ、吸い上げられると、アビゲイルは抵抗することができない。

「ふ、ん……ンっ……」

喉を鳴らしながら、アビゲイルは側にあったクリスのシャツをぎゅっと握りしめる。でもそれも、あまりの息苦しさにすぐ手放してしまった。

アビゲイルがぐったりすると、そこでクリスはようやく唇を外す。

「……あッ！」

けれどキスはまだ序の口だった。クリスの唇はアビゲイルの耳を優しく啄み、舌で耳の輪郭を撫でる。

「そこ、やだ……」

「じゃあ、こっちか？」

初めての夜、アビゲイルが晒した弱点を覚えているのか、クリスは彼女の首筋に唇を寄せる。

荒々しくも的確な舌使いにあっという間に熱を高められ、アビゲイルの身体はゾクゾクと震え出す。

「クリス……待って……」

「嫌か……？」

「わからない……ただ、身体が震えて……」

「それはきっと、気持ちがいいからだ」

そういうものだと断言されるが、アビゲイルはまだ戸惑ってしまう。

「でも、おかしいの。……はしたない声がこぼれて、漏らしたように……あそこも濡れてしまって」

「それが普通の反応だ。小説でも、みんな変になっていただろう？」

確かに、自分で訳した小説にも似たような描写があったことを思い出し、少しだけ気持ちが楽になる。

「声がいっぱい出ても、いいの？」

「ああ。俺は聞きたい」

「変な声……でも？」

「変ではない。だからこそ、俺の身体はこんなにも反応している」

押し当てられた腰のものは、先ほどよりもさらに逞しさを増したように感じる。それを服の下に収めておくのは辛そうに思え、アビゲイルは少しでも楽になるようにと膨らみをそっと撫でた。

「お前、それ、わざとか……」

途端に、クリスの顔から余裕がなくなる。

「さ、触ってはだめだったの？　ごめんなさい、楽にならないかなって……思って」

「……本当に、アビーは何も知らないんだな」

呆れたような声にもう一度「ごめんなさい」と言うと、優しいキスがアビゲイルの頬に落ちる。

「責めてるんじゃない。嬉しいんだ。俺が、お前に手取り足取り教えてやれるから」

「やっぱりその、クリスはこういう経験があるの？」

「俺には、先生がいるからな」

クリスの言葉に、アビゲイルの脳裏を過ったのは年上の美しい女性に教えを乞う若いクリスの姿だった。

（先生って、やっぱりそういうことよね……。手取り足取りされたってことよね……）

こういうとき、アビゲイルは無駄に逞しい自分の想像力が憎い。

「おい、何を考えてる？」

「な、なにも……」

「だが、いきなり不機嫌になっただろう」

「ち、違うわ……。ただその、初めてだとやっぱり面倒じゃないかなって……」

「アビーの全部をもらえるんだ。面倒なはずがない。光栄だ」

言いながら、クリスがわずかに身体を起こし、シャツをゆっくり脱ぎ捨てる。

服の下から現れた彼の身体は、想像していたよりずっと逞しくて、アビゲイルは思わず手で顔を覆った。

極限まで鍛《きた》え上げられた彼の筋肉は、息をのむほど美しい。しなやかで強靭《きょうじん》な肉体は、美を追求した彫像のように完璧で、見ることさえ畏《おそ》れ多いように感じてしまう。

「こ、子どもの頃と全然違うわ……」

「当たり前だろう。これでも騎士だぞ俺は」

「でもこんなにすごいと思わなくて」

「今のは、褒め言葉として受け取っておこう」

苦笑しながら着衣を全て取り払うと、今度はアビゲイルの身体に巻き付いていた毛布を取り去り、夜着に優しく手をかける。

「……改めて見てみると、その夜着、悪くないかもな」

「私は逆に、恥ずかしくなってきたわ」

「じゃあ、勿体ないが脱がせよう。アビーは、ありのままで十分綺麗だからな」

褒められると照れてしまうけれど、恥ずかしい夜着を脱ぐことができて少しだけほっとする。

「ああ、やはり綺麗だ」

一糸纏わぬアビゲイルの姿を見て、クリスが静かに告げた。

「あなたの方が綺麗よ」

「いきなり褒めるな。照れる」

「だって、こんなに見事な身体、初めて見たから」

　そもそも男の身体は絵でしか見たことがないが、その絵すらこんなに逞しく立派ではなかった。

「触ってみるか？」

「えっ、それはちょっと……」

「いつも服の上からは触ってるだろう」

　確かにそうだが、裸になると神々しすぎて萎縮《いしゅく》してしまう。

　でも一方で、触ってみたいという好奇心も確かにあった。

　それが小説に役立つかもしれないし、触れることをアビゲイルの身体は望んでいるようだった。

「じゃあ、少しだけ」

　恐る恐る手を伸ばし、クリスの胸にそっと手を置く。そのままそっと腹筋の方へと手を下げていくと、クリスの身体がビクッと震えた。

「い、嫌だった？」

「逆だ、お前の手つきが妙にいやらしくて、大きくなる」

「お、大きくなる？」

　何がと尋ねようとして、そこでアビゲイルはクリスの男根に目がとまる。

　恥ずかしくてなるべく視界に入れないようにしていたが、つい目に入ってしまうほど大きくなったクリスのものはまるで凶器だ。

これを入れるのかと思うとさすがに怖くなり、アビゲイルの顔から血の気が引く。

「そんな顔するな、いきなり入れたりなんてしない」

「あの、みんなこんなに大きいの？」

「いや、俺は少し大きい方かもしれない」

「少し……」

「いや、うん、少しではないかもしれない」

言いよどむところを見ると、たぶんかなり大きい方なのだろう。それもあって、クリスは挿入を躊躇っているのかもしれない。

「お前を傷つけたくないし、ちゃんと慣らしてからにする」

「そ、そうね……さすがにこれはちょっと」

「そんなに引くな」

しょげたような声に、アビゲイルは慌てて彼の頭をよしよしと撫でる。

「び、びっくりしただけだから大丈夫。むしろあの、立派になってすごいと思うわ」

身体も、そこも大きくなったのねとしみじみこぼすと、クリスが小さく噴き出す。

「なんだか、母親みたいな言い方だな」

「でも感覚は近いかも。昔の、細かった頃のクリスを知っているし」

「なら、大人になった俺をしっかりと見てくれ」

唇を優しく塞ぎながら、クリスはアビゲイルをゆっくりと抱き起こす。

そのまま膝の上にのせられたアビゲイルは、クリスの身体にすっぽりと包まれた。

裸のまま、ぎゅっと抱きしめられるのは、なんだか少し恥ずかしい。

（でも嫌じゃない……かも……）

クリスの拍動を聞きながら、お互いの熱を重ねるのはひどく心地よかった。

互いの腰の間にあるものは少し怖いけれど、それよりもクリスと肌を重ねていることへの満足感の方が強い。

「アビー、俺を見ろ」

言われるがまま顔を上げると、クリスがもう一度唇を奪う。

最初は優しく、しかし次第に激しさを増す口づけを受け入れながら、アビゲイルは心地よさにうっとりと目を細める。

「キスは嫌いじゃないだろう？」

「そう、かも……」

「では、触られるのは？」

背中に回されていたクリスの右手が、アビゲイルの乳房をゆっくりと揉み始める。

普通の人より小ぶりな胸は、クリスの大きな手のひらに包まれると一層ささやかに見える。

「ンッ……それ、は……」

けれど、小さくても、それは官能を引き出す器官の一つだった。

硬い指先で頂《いただき》をピンとはじかれると、愉悦《ゆえつ》が全身を駆け抜け、アビゲイルの思考はゆっくりと蕩け出す。

「やっぱり、アビーは、ずいぶん感じやすいようだ」

頂をゆっくりとこねられ、つまれながらキスをされると、アビゲイルの身体は慣れない快楽に震え始めた。

「あっ……ぅ……だめ……」

「〝だめ〟じゃなく、〝いい〟だろう」

クリスの声に小さく頷くと、さらに強く胸を刺激される。

それにあわせ、クリスのもう片方の手が、アビゲイルの輪郭をたどるように背中や腹部を撫でた。

ゴツゴツとした指が肌の上を滑ると、くすぐったいような、物足りないような不思議な切なさを感じる。

（どうしよう……もっと、強く触れて欲しい……）

触れて、肌を合わせて、少しでも彼との距離を埋めたいと思ってしまう。

「ふ……ぁッ……クリス……」

媚びるように名を呼んで、アビゲイルは熱を帯びたクリスの顔を見上げる。

彼も、アビゲイルの瞳をじっと覗き込んでいた。その目には、初夜のときと同様に、飢えた獣のような渇望が浮かんでいる。

「アビー」

クリスの低い声はただでさえ魅力的なのに、今日はいつもよりずっとアビゲイルの心を甘くくすぐる。

名前を呼ばれただけなのに、愉悦に震える吐息に熱が増していき、恐怖は次第に消えていく。

「お前の方から、キスをしてくれないか」

柔らかな声に催促され、アビゲイルはクリスの唇にこわごわと自分の唇を重ねる。

そのまま ちゅっと優しく唇を吸い上げるとクリスがくすぐったそうに笑う。

「アビーのキスはかわいらしいな」

甘い言葉と共にお返しのキスをされ、アビゲイルは真っ赤になりながらそれを受け入れた。

最初は余裕がなかったけれど、クリスが手加減してくれているせいか、つたないながらも舌をゆっくり絡めることができた。

「それにすごく、興奮する」

その途端、アビゲイルの腹部でクリスのものがさらに大きくなるのを感じて、アビゲイルはぱっと口を離してしまった。

「ま、まだ、大きくなるの？」

「アビーがかわいいことするとな」

本当だろうかと思う一方で、自分のしたことでクリスの身体が反応してくれることは、嬉しい。

「あと、そんなにじっと見られるとさらに大きくなりそうだ」

「ごめんなさい、でもあの、つい……」

「まあ、見られるより触られる方が嬉しいけどな」

クリスの声は冗談めいていたけれど、アビゲイルはつい言われるがまま触ってしまう。

「お、おい……！」

途端に、クリスの声と表情から余裕がなくなった。

「い、痛かった？」

「そういうわけじゃない。……ただ、真に受けると思わなくて」

「でも触った方がいいのでしょう？」

翻訳した小説でも、女性が触ると喜ぶという記述があったことを思い出し、アビゲイルはそっとクリスの熱を手のひらで包み込んだ。

そのままゆっくりと撫でようとしたとき、クリスの手に阻まれる。

「それは、しなくていい」

「でも……」

「今夜は、俺がアビーを気持ちよくさせたいんだ」

言うと同時にクリスがアビゲイルからわずかに身体を離す。それに寂しさを感じる間もなく、アビゲイルの秘部にクリスの指が添えられた。

「あッ……そこ……は……」

「心配するな。まだ痛いだろうから指は入れない」

キスや胸への愛撫で、アビゲイルの蜜口は既に蕩けきっている。そこから溢れる愛液に指を絡めながら、クリスの指先がアビゲイルの花弁の間を優しく行き来すると、しびれるような心地よさが広がった。

「だめ……クリス……」

「すごいな、溢れてくる」

「ゆ、指が……汚れてしまうわ……」

「これは汚いものではない。神聖なものだ」

クチュクチュと卑猥な音を立てて、クリスの指がアビゲイルの蜜をすくい取る。その指先が時折花芽をこすると、悲鳴にも似た嬌声《きょうせい》が口からこぼれた。

（また、おかしい……気持ちに、なる……）

初めての夜のときは怖くて逃げてしまった快楽の波がすぐ側まで迫っていることに気づき、アビゲイルはぎゅっと目をつぶる。

今も逃げ出したい気持ちはあったけれど、一方でこの指に身を委《ゆだ》ねたらどうなるのだろうかという好奇心も芽生えていた。

「アビゲイル」

そんな彼女の気持ちを見透かしたように、クリスが優しく名前を呼ぶ。

同時に、深い口づけと胸への愛撫が再開され、アビゲイルは逞しい腕の中でさらに大きく戦慄《わなな》いた。

「ん……ふ、ああッ！」

クリスがもたらす刺激はあまりに強くて、アビゲイルの身体は甘い悦びに溺れてしまう。

キスの合間からこぼれる吐息は淫らに色づき、アビゲイルは胸の頂を膨らませながらクリスの手がもたらす快楽に意識を奪われた。そのとき、飛びかけた理性の向こうから、激しい何かが迫ってきた。

「ンう……ッ！　……クリスッ……わたし……」

「怖がるな、俺に身を任せろ」

「あっ、クリス……クリス……ッ」

クリスが何か耳元で囁いたが、アビゲイルはただ喘ぎながら彼の名前を呼ぶことしかできない。

もっと強く触れて欲しくて、気がつけば自分からクリスに身を寄せ、彼の指に身体をこすりつけていた。

欲望に忠実になったアビゲイルに気づいたのか、クリスは彼女の望みを叶えるように、花芯をキュッとつまむ。

「んッ、ンンッ……ンンン！」

直後、雷に打たれたような刺激が身体を駆け抜け、アビゲイルの思考が真っ白に爆ぜる。

そして彼女はガクガクと淫らに震えながら、クリスの腕の中で初めての絶頂を迎えた。

「……ああ、かわいい」

耳元でクリスが再び甘く囁いてくれたけれど、それを認識する余裕はもうなかった。

絶頂の衝撃で蕩けてしまった自我は戻らず、彼女は虚《うつ》ろな目でクリスを見つめながら、熱い息をこぼすことしかできない。

そんな彼女を、クリスは逞しい腕に閉じ込める。

「結婚してよかった。こんなにかわいいアビーを、誰にも渡さずに済んでよかった」

身体に回された腕の力は強すぎるほどだったけれど、押し当てられるぬくもりは心地よくもある。
蕩ける意識は闇にのまれていき、アビゲイルはゆっくりと目を閉じた。

第四章

『クリスを笑顔にできるなら、私、いっぱいお話を書くから！』

そう言って、涙を拭ってくれた幼いアビゲイルの姿を、クリスは今でも時々思い出す。

『私の物語であなたを幸せにする。だからもう、そんな悲しそうな顔をしないで』

そう言って微笑み、泣き虫だったクリスを慰め続けてくれたアビゲイル。彼女はあのときのまま、今もクリスのために小説を書き続けてくれている。

(それだけで十分だと思っていたんだがな……)

腕の中で眠るアビゲイルを、クリスはじっと見つめる。

子どもの頃と変わらず、クリスはアビゲイルの笑顔を見るのと、彼女の小説を読むのが生きがいだった。

だから彼女が借金のために結婚を選ぶかもしれないと言ったとき、それだけはさせないと強く思ったのだ。

そしてその判断は間違いではなかったと、アビゲイルを抱きしめながらクリスは思う。

（ある意味では、オニール家の奴らに感謝すべきかもな……。奴らの嫌がらせのおかげで、こうしてアビーを囲い込めたんだから）

ふっと微笑みながら、クリスは結婚の発端となった騒動について、思いを巡らせた。

アビゲイルには心配をかけたくなくて言わなかったが、オニール家の三人の息子はクリスに恨みを持つ彼の元部下で、アビゲイルへの結婚話もクリスに恨みを持つ兄弟たちがしでかした嫌がらせの一環だったのだ。

オニール兄弟は騎士団にいた頃から素行が悪く、守るべき市民を脅したり、女性に対して暴行まがいのことまでするクズどもだった。

実家の金と権力でそれらを握り潰していたようだが、クリスはそれを許さず、事実を明るみに出すと共に彼らから騎士の称号を剥奪したのである。

牢屋にこそ入らなかったが、多額の賠償金を払わされた兄弟たちは、以来クリスを目の敵にし、隙あらば陥《おとしい》れようと画策していたのだ。

アビゲイルを娶《めと》ろうとしていたのも、二人が特別な関係だと思ったからだろう。

だが彼女を狙ったのは大きな間違いだ。彼らはクリスの聖域に踏み込んだのだ。自分への多少の嫌がらせはまだしも、彼女に手を出したのは許されることではない。

だから、いつもよりもきつめにお灸《きゅう》をすえ、二度と自分とアビゲイルに関わるなと脅しておいた。脅しが過激すぎたのか、手伝いを頼んだ部下たちにまで『やり過ぎだ』と恐がられたが、オニール家の様子を探らせている部下の報告を聞く限り、息子たちは以来屋敷どころか部屋の外にさえ出てこないらしいから、結果は上々である。

だからひとまずは、アビゲイルに手を出す相手はいなくなった。

そもそも、もう自分と結婚したのだから安全だと思うが、念のため、オニール家での騒動はあえて隠さず『最愛のものに手を出されたのでクリスが激怒した』という噂も流しておいた。

ここまですれば、アビゲイルに手を出そうなどという不届き者は当分現れないだろう。

(まあ、現れたとしても渡さないが)

穏やかに眠るアビゲイルを眺めながらクリスはそっと微笑む。

昔はクリスの方が小柄で、アビゲイルの腕にすっぽり包まれることの方が多かったが、今ではこうして彼女を包み込むことができる。

それもこれも、いつかアビゲイルを守れるようにと、並々ならぬ努力をしたからだ。

彼は、いざというときアビゲイルを守れるだけの強さと財力が欲しくて、身体を鍛え、騎士団に入った。

訓練は厳しく、最初の頃は何度も音を上げかけた。ひ弱だった彼は、バレット家の男とは思えないと陰口を叩かれたこともあったけれど、悔しさも辛さも呑み込み、懸命に努力したのだ。

その結果、クリスは剣術大会で優勝できるほどの剣の腕を身につけ、今では十分なほどの給金ももらっているし、大会の賞金もまだ残っている。

今はまだ実家にいるが、彼女が仕事に打ち込める家や別荘を買うことだって容易いほどの蓄えはあるのだ。

それなのに、アビゲイルはなかなか頼ってくれず悶々としていたのだが、何もできずに待つだけの日々はもう終わりだ。

今後は彼女を目一杯甘やかしたいとクリスは思う。

頼りになるのは自分だけだと思わせ、クリスがいなくては生きていけないようにしてしまえば、二人はこれからもずっと一緒にいられるだろう。

「そうすれば永遠に、マリアベルちゃんを書いてもらえる……」

思わず笑みと独り言がこぼれると、アビゲイルがわずかに身じろぎした。

「……いま、マリアベルって言った？」

寝ぼけ眼をこすりながら、アビゲイルがぼんやり尋ねてくる。

「すまない、今ちょっと興奮して」

「……まだ朝も早いのに、マリアベルのことばっかりね」

「アビーのことも考えていたぞ」

「嘘ばっかり」

小さく微笑んで、アビゲイルは再び目を閉じる。

まだ寝ぼけているのか、アビゲイルはそこでクリスの胸に額をくっつけた。再び寝息を立て始める姿は微笑ましいが、眺めているとなぜだか少し胸の奥が痛む。

（嘘では……ないんだがな……）

こんなにもアビゲイルのことを考えているのに、それが伝わらないのも、もどかしかった。

「本当に考えていたんだぞ、自分でも驚くくらいに」

なにせこれまでのクリスは、目が覚めればマリアベルに「おはよう」と語りかけ、マリアベルのことを考えながら朝の支度をし、マリアベルの笑顔を想像しながら出勤していた。仕事中も暇さえあればマリアベルの姿を思い描いているし、もちろん家に帰って寝る前も同様である。

それに比べれば、最近はアビゲイルのことばかり考えているのだが、それを説明する間もなく彼女は深い眠りに落ちてしまっている。

だからクリスは口を閉ざし、アビゲイルの寝顔をじっと見つめる。

これまでは、愛らしい寝顔を見ると心が安らぐだけだった。だがアビゲイルの乱れた姿を知った今は、無防備な寝顔を見ていると心がひどくざわつく。

もう一度その唇にキスをし、甘えるような眼差しを自分に向けて欲しいと思ってしまう。

(だが無理はさせられない……)

素晴らしい小説を生み出すその身体を壊してしまったら元も子もない。だから今は我慢せねばと耐えるが、クリスの心の奥ではアビゲイルの全てが欲しいと渇望する気持ちが燻り始めていた。

＊＊＊

バレット家の邸宅は、オレアンズ市街の北端にあるシャープ砦《とりで》と呼ばれる、騎士団詰め所の隣にある。

百年以上前、オレアンズは大きな戦場となったため街の中には十三の砦があり、シャープ砦もその一つだ。

砦はそれぞれ騎士の家系にある貴族が管理しており、バレット家は代々シャープ砦付近に屋敷を構え、その息子たちが砦を守る小隊の隊長の任についていた。

堅牢な砦と同様に、バレット家の邸宅も石造りで無骨な建物だ。

古い要塞を改装したものなので新しさはないが、隠し扉や地下室まであるこの屋敷は冒険心をかき立てる魅力に満ちていて、アビゲイルは小さな頃からこの屋敷がとても好きだった。

だから子どもの頃はこの素敵な屋敷で暮らせたらいいなと思っていたが、まさかそれが叶うとは夢にも思っていなかった。

「アビー、帰ったぞ!!」

そして家に帰ってきたクリスに毎日のようにぎゅっと抱きしめられるなんて、想像すらしていなかったアビゲイルは、彼の過度な触れあいに未だ慣れない。

初夜では色々と失敗してしまったけれど、クリスはそれをまったく咎めることなく、毎日アビゲイルに笑顔を向けてくれる。

ただ、結婚してからもう一週間が経つが、まだ最後まではできていない。それをバートたちには言えないし、妻の務めを果たせぬことを心苦しく思うこともあるが、『急ぐ必要はない』『ひとまずアビーは小説の仕事に集中すればいい』とクリスはどこまでも優しい。

「相変わらず、仲が良いな」

賑やかなクリスの声に気づいたのか、そう言って声をかけてきたのは側を通りかかったルークだ。

抱き合っているところを見られるのは恥ずかしいけれど、クリスはなかなかアビゲイルを放してくれない。

「もうすぐ夕飯だから、それまで二人で過ごすといい」

ルークはクリスと違い、淡々とした物言いをする。

だからそんな言葉を残して立ち去られると呆れられているのかと不安になるが、クリスは気にしていないようだ。

「今日は、仕事は進んだか？」

その言葉もまた、帰宅時に彼が言うお決まりの台詞だ。

彼が一番気にかけているのはやはり自分ではなく小説かと、少しがっかりする気持ちもあるけれど、相変わらずの言葉にも慣れつつある。

(そもそも、寝ても覚めても小説のことばかりなのは、今に始まったことじゃないし)

顔を合わせれば小説のことかマリアベルの話しかしない男だから、自然と受け流す態勢はできている。

「実を言うと、ちょっと行き詰まっているの」

だから悩むのはやめ、アビゲイルは素直に仕事の状況を彼に伝えた。

熱で倒れたこともあり、締め切りは延ばしてもらったので時間の余裕はあるが、正直進行は芳しくない。

「もしかして、執筆環境が変わったからか？　何か不都合があれば改めるぞ」

「そういうわけじゃないんだけど……」

前のめりで詰め寄られ、アビゲイルは言葉に詰まる。

むしろ実家より、この屋敷の方が環境はずっと良い。

「部屋も暖かいし、椅子も立派だからお尻も痛くならないし、むしろ快適よ」

「本当に？」

「ペンが乗っていないのは、ただ単純に私に問題があるだけなの」

借金や結婚のことですっかり忘れていたけれど、次回作はアビゲイルの苦手な恋愛物なのだ。

エレンと相談して、ひとまず書き下ろしの恋愛小説を一本と、恋愛要素を盛り込んだマリアベルのシリーズを書くことが決まっているが、どちらもペンは進んでいない。

書きやすい方からで良いと言われているが、このままでは両方とも締め切りが危ない。

「なら、何が問題なんだ？」

「エレンから、素敵な男性を出してくれって言われているんだけど、その造形がうまくいかないの」

「知人をモデルにしたらいいじゃないか。よくそうしているだろう？」

「でも私、男の人の知り合いってあまりいないから……」

思わず言いよどんだ瞬間、クリスの瞳がキラリと輝く。

「じゃあ俺はどうだ！　マリアベルちゃんの相手にぴったりだろう!!」

「あ、うん……」

クリスの言葉に、アビゲイルは曖昧に返事をする。

確かに、彼は素敵な男性である。にもかかわらず首を縦に振れないのは、実はもう彼をモデルにした登場人物が、小説に登場しているからである。

マリアベルには、彼女のピンチをいつも助けてくれるジャックという相棒がいるのだが、そのモデルがクリスなのだ。

けれどそれを言うのは恥ずかしくて、アビゲイルはずっと彼に黙っていた。当初は一回限りのキャラクターのつもりで書いていたし、クリスにバレないうちに退場させようと思っていたのだが、意外にも読者の人気が高く、今や彼はマリアベルの相棒として、主要な登場人物の一人になってしまっている。

故に、エレンからは『いっそ彼との恋愛話を盛り込んでみては』とも言われたけれど、アビゲイルはつい渋ってしまった。

なにせマリアベルは、アビゲイルにとって一番のライバルなのだ。自分の作品の登場人物に嫉妬するのは見苦しいと思うけれど、作中だとしても、いや、作中だからこそ、二人をくっつけるのは、どうしても気が引けるのである。

「クリスは、ちょっと」

「なぜだ、俺には魅力がないか？」

「仲がよすぎる人って、モデルにしにくいのよ」

ごまかしを口にすれば、クリスはそういうものかとひとまず納得する。

「だから、明日あたり久しぶりに街に出てみようと思うの。そこで素敵な男性に出会えれば、アイディアも生まれるかもしれないし」

昔からアビゲイルは、執筆に行き詰まると街に出てネタ探しをするのが常だ。

だからいつものように、フラフラ街を歩いてみようかと考えたのだが、そこで突然クリスに強く腕を掴まれた。

「……だめだ」

「え？」

「……ん？」

なぜだかそこで、クリスの方が驚いた顔をする。自分が言ったことに自分で驚いているような顔で、「え？」とか「ん？」を繰り返している。

「もしかして、明日は何か用事があった？」

「あ、いや……そうではないが……」

なんだかとても混乱している彼に、アビゲイルは小さく首をかしげる。

「……い、一緒に行ってもいいか？」

「それはいいけど、お仕事は大丈夫？」

「明日は午後から休みなんだ。代わりに、これからまた少し出ないといけないが」

それなら立ち話をしている暇はないと気づき、アビゲイルは慌ててクリスの手を取った。

「ご飯を食べる余裕はある？　それともお風呂に入る？」

「飯にする。アビーと食べたかったから、一度帰ってきたんだ」

なら食堂に行きましょうと腕を引くと、クリスは笑顔で頷いた。

その顔はいつもどおりだったけれど、先ほどの様子から察するにすごく疲れているのかもしれない。

ここ数日は、特に忙しそうにしている上に、クリスはアビゲイルの生活を少しでも快適にしようと、家にいるとすぐ世話を焼きたがる。

一般市民と比べればタフだけれど、それでも睡眠時間を削っての奉仕はきっと彼の身体に負担をかけていたに違いない。

（これからは、あまり甘えすぎないようにしよう……。あと勘を取り戻すために、マリアベルの短編を書いて、プレゼントしようかしら）

昔から、クリスは疲れたり元気がなかったりすると、『小説を読ませてくれ』とアビゲイルに縋りついてくる。

マリアベルの話はクリスの活力の源で、それを読むとどんな辛いことも乗り越えられると言うからだ。

マリアベルにはライバル心もあるが、彼のために小説を書くのは好きだ。そして書いた小説を読んで喜ぶ顔を見るのが好きなことにも変わりはない。

だから今夜は彼のために頑張ろうと、アビゲイルはそっと決意した。

＊＊＊

「あえて言わせてくれ、アビー。君はやはり俺の女神だ!!」

「あ、ありがとう……。でもそういう台詞は、もう少し小さな声で言って欲しいわ」

特にこういう場所ではやめて欲しいと思ったが、クリスが聞き届ける様子はなかった。

今二人がいるのは、オレアンズの商業区にある喫茶店のテラス席である。

恋愛小説を書くに当たり、素敵な男性や世の恋人たちの動向を探ろうと思ったアビゲイルは、カップルに人気だというこの店にやってきた。

だが正直、場所の選定を間違えたなと、彼女は今猛烈に後悔していた。

「本当のことを言って何が悪い。今朝くれたあの小説、本当に素晴らしかった！」

目立たないよう奥の席をとったのに、興奮するクリスのせいで逆にアビゲイルたちの方が観察されているありさまである。

まあそもそも、有名人であるクリスを連れている時点で目立ってしまうのだが、彼と出かけられることが嬉しくて、店に入るまで彼の人気をうっかり失念していたのだ。

小説のことを語っているときのクリスは目が輝いていて素敵だし、その無邪気な笑顔に、店にいる女の子たちは皆ぽーっとなっている。

そして男性たちは、彼の逞しい肉体に尊敬と羨望《せんぼう》の眼差しを向けている。中には女性のようにぽーっとしている者もいる。

彼の容姿は性別を問わず人を惹《ひ》きつけるのは知っていたが、このままでは周りの恋人たちを破局させてしまうのではと不安になるほど、彼に注がれる視線は熱い。

（でも、本人は全然気づいてないのよね……）

気づいていないというより、気にしていないのかもしれないが、クリスは何食わぬ顔でマリアベルに対する暑苦しいほどの賛辞ばかりを口にしている。

「事件のないときのマリアベルは、ちょっと抜けていてドジなところが本当にかわいいんだよな。特に三ページ目の七行目にあった、料理を失敗してしまったマリアベルがちょっと泣きそうになりながらエプロンをぎゅっと握りしめるところ、あそこが、最高に、かわいい!!!」

周りの視線は気になるが、やっぱりクリスに小説を褒められると嬉しい。

アビゲイルの小説を丁寧に読んでくれているのがわかるし、暑苦しいほどの言葉は深い愛情以外の何ものでもないからだ。

それが自分自身に向けられていなくても、自分の生み出した小説に向けられているのなら、それは十分幸せなことだ。

けれど、嬉しくてたまらないのに、クリスの言葉に圧倒されるばかりで、うまくお礼を言えたことがない。

一度語り出すとクリスは止まらないし、それをただただ黙って聞くことしか、アビゲイルにはできないのだ。

「彼女、ちょっと感じ悪いわよね」

そんなアビゲイルの反応に、近くの客がぽつりとこぼした。

声の方へ視線を向ければ、クリスのファンらしき女性たちが睨むような目つきでこちらを見ていた。

友達同士なのか、女性たちは遠慮のない眼差しをアビゲイルに向けている。

この手の視線には慣れているけれど、それでもいつも胃が痛む。

アビゲイルは黙っていると機嫌が悪そうに見えてしまうので、きっと今も、周りから見たらおしゃべりなクリスに腹を立てているように見えたのだろう。

陰口を聞いてしまうと、身も心も強張って、アビゲイルは余計に笑顔を作れなくなるから、いつも以上に冷たい表情になっているに違いない。

「……そういう言葉は、口にしない方がいいと思うが？」

だがそのとき、無遠慮な視線からアビゲイルを守るように、何者かが彼女の横に立った。

驚いて顔を上げると、そこに立っていたのは、仕事用の書類を抱えたルークだった。

「いいの気にしてないから……」

「ん？　どうした突然……？」

怪訝そうに首をかしげたところで、クリスもルークに気づいたのか、彼はあっと声をあげる。

「ルークじゃないか。お前もお茶を飲みに来たのか？」

クリスには呆れた顔を、アビゲイルには心配そうな顔を向ける彼を見て、アビゲイルは先ほどの声は彼のものだったことに気づく。

ルークはアビゲイルのために女性たちに注意してくれたのだ。

（なんだか、すごく恋愛小説っぽい展開だわ！）

感謝の気持ちと共に、アビゲイルが抱いたのはそんな感想だった。

ルークの振る舞いから閃《ひらめ》きの兆しを感じ取り、興奮する。

（次の小説、ルークお義兄《にい》様をモデルにするのがいいかもしれない）

彼なら恋愛小説に出てきてもおかしくないし、読者に愛される登場人物になるのではないか。

寡黙なせいで少し冷たい印象があるけれど、逆にその硬派な性格は小説を読む女性たちに受けそうな気がしたのだ。

「お義兄様、ちょっとそこに座っていただけますか!!」

これはいけると思った直後、今までまったく浮かんでこなかった創作のネタが次々浮かんでくる。

思わずルークへと身を乗り出すと、彼は驚きながらもクリスの横に腰を下ろした。

「今お時間はありますか？　二、三十ほど質問してもよろしいですか！」

「用事を済ませた帰りだから問題はないが、二人はデート……なのでは？」

「ああ、そう――」

「いえ、取材中なだけです」

クリスが何か言いかけたが、興奮のあまりアビゲイルはそれを遮りルークの手を掴む。

「だから私に……私にネタをください!!」

いつになく力強い声で言えば、ルークはたじろぎながらも、つられたように頷く。

その横ではクリスがぽかんとしていたが、小説のことで頭がいっぱいのアビゲイルにはそれが見えていなかった。

＊＊＊

（なんだろう、すごく……解《げ》せない……）

ベッドの上にあぐらをかき、不満げな顔で頬杖ついていたクリスは、書き物机で執筆中のアビゲイルをじっと見つめる。

ペンを動かし始めてから今日で三日目だが、彼女の集中力は一度も途切れていない。紙だけを見つめ、一心不乱に書き綴っている。

食事すら忘れるのでクリスが仕方なく給仕をしているが、その最中も心ここにあらずといった様子である。

そんなアビゲイルを風呂に入れたり、食事を与えたりするのは小動物の世話をしているようで楽しいが、自分の存在をここまで完璧に遮断されるとやはり少し面白くない。

（前はこんな気持ちになんてならなかったのにな……）

アビゲイルの驚異的な集中力は昔からで、遊びに行っても執筆中だと相手にされなかったし、そういうときは彼女に寄り添い本を読むのが常で、慣れっこだ。

その時間が、クリスは嫌ではなかった。

書き終わったら一番に読ませてくれるのだし、その至福の時間が約束されている。彼女が現実に戻ってくるのを待つ時間はわくわくするし、小説に向き合うアビゲイルの真剣な顔は、ずっと見ていたいほどかわいい。

(だが駄目だ、今日は駄目だ)

その理由に、クリスはもう察しがついている。

ベッドを下り、アビゲイルの背後に近づいたクリスは彼女の手元を覗き込んだ。

どうやら彼女は、小説の主人公と彼女が恋をする騎士とのデートシーンを書いているらしい。

(……くそ、少し読んだだけでもすさまじく面白い。余計に悔しい)

そう思ってしまうのは、この小説のモデルが兄のルークだからである。

クリスをモデルにするのは嫌がったくせに、ルークにはアビゲイルの方から頼み込んでいたことが、三日経った今でも納得できない。

小説のためとはいえ、どんな女性が好みなのかとか、デートをするならどこに行くかとか、熱心に尋ねていたのだ。

(しかもあんな、かわいい顔をして!!　そもそも俺はアビゲイルに聞かれたことがないのに！)

あのときルークに向けていたアビゲイルの顔を思い出すと、クリスの胸にモヤモヤとしたものがこみ上げる。

まるで運命の相手を見つけたようなアビゲイルの目の輝きに、クリスが受けた衝撃はすさまじかった。

今までクリスはアビゲイルからあんな顔を向けられたことはない。自分に向けられるのは、少し呆れたような、困ったような顔がほとんどだ。

常日頃から彼女の話をあまり聞かず、口を開けばマリアベルのことばかり語ってしまう自分が悪いのはわかっているが、それでもあの目の輝きが自分に向いていないことにモヤモヤとしてしまう。

彼女が夢中になっているのは小説ではなく、ルーク本人なのではないかと不安が過るのだ。

(不安……？　なぜ不安を感じるんだ……)

アビゲイルの夫はクリスだ。だから不安など感じる必要はないと慌てて言い聞かせるが、「どうせなら、俺に夢中になればいいのに」というぼやきさえこぼれてしまう。

ただ、そんなことをぼやいたところで、アビゲイルの耳には入らない。そもそも、子どもじみた愚痴《ぐち》をこぼしてしまう自分に腹立たしさを覚える。

もう今日は剣の素振りでもして苛立ちを紛らわそうかと考えていると、不意にアビゲイルの動きが止まった。

「どうした?」

まだ意識が創作から戻りきっていないのか、返事はない。

だが先ほどまですさまじい勢いで動いていた手は完全に止まっていて、顔を覗き込んでみると、そこには戸惑いが見える。

「アビー?」

近くで呼びかけてみると、そこでようやくアビゲイルが瞬きをする。

そんな彼女の手元を改めて覗き込み、クリスは小さく首をかしげた。

(これから盛り上がるところなのに、なぜ止めたんだ?)

小説の中では、主人公たちが今まさに身体を重ねるところだった。

唇が触れあい、キスが深まるその瞬間、文章は唐突に途切れている。

(具合が悪いのか……?)

一度集中すると、相当キリがよくなければアビゲイルのペンは止まらない。だから具合でも悪くなったのだろうかと不安になっていると、アビゲイルが「ううっ」と突然うめき出した。

「どうした!? どこか痛いのか?」

「ち、違うの……。ただ、自分の才能のなさに凹《へこ》んでいるだけ」

「何を言ってる。今少し読んでしまったが、すごく面白かったぞ」

悔しいほどだとは言えなかったが、落ち込むアビゲイルを励ましたくて、いつものように暑苦しい賛辞を送った。

だがいくら褒めてもアビゲイルは落ち込んだままだ。

「……でもここから先が浮かばないの」

「きっと疲れているんだ。気づいていないだろうが、もう三日も書き続けているんだ」

「でも普段ならこんなことないもの。……やっぱり、ちゃんと教えてもらっていれば……」

教えてもらうとはどういう意味だと考えたとき、クリスはキスを深める描写を目にし、はっとする。

(まさか、そういうところまでルークに取材するつもりじゃないだろうな！)

教えてもらうと言うくらいだから手取り足取り……などと妄想した瞬間、クリスはアビゲイルの身体を担ぎ上げていた。

「なっ、何するの……!?」

「教わるなら、俺にしろ」

そう言って小さな身体をベッドに下ろせば、アビゲイルは真っ赤な顔で乱れたドレスを直し出す。

その様子から察するに、彼女が教わりたいと思ったことは、やはりクリスの想像どおりのことらしい。

「なぜ俺を頼らないいんだ、俺がいくらでも教えてやる」

「いや、でも、他の小説を参考にすれば……」

「まねごとで傑作など生まれない。それにアビゲイルだって、そんな書き方で小説を完成させるのは嫌だろう」

アビゲイルの性格を熟知しているクリスは、彼女が同意せざるを得ない状況へと、少しずつ追い込んでいく。

「アビゲイルが嫌なことはしないいし、知りたいことだけを優しく教えるから」

「……でも、そもそも、無知すぎて何を知っていて何を知らないかさえわからないの」

だからペンが止まってしまうのだと戸惑うアビゲイルに、クリスは優しく微笑みながら彼女の唇を奪った。

快楽に弱いアビゲイルは、戸惑いながらもクリスの言葉に従順だ。

それを見ていると、先ほどまでの苛立ちも落ち着いてくる。

（そうか、これを利用すればいいのか……）

淫行に耽《ふけ》っているとき、アビゲイルはクリスだけを見てくれる。最初は戸惑い嫌がるようなことを言いつつも、その身体は素直にクリスに溺れていくのだ。

(そのまま溺れさせ、俺しか見えないようにすればいい)

女神を穢すなんて、罪深き行為だと思ったこともあったけれど、穢すことで自分の手の中に落ちてきてくれるなら、それでかまわない。

(自分に溺れさせたいなんて知られたら、軽蔑されるだろうか……)

しかし一方で、頭の中では別の自分が悪魔のように囁いている。

――嫌われても、離れられなくなるくらいに、自分に溺れさせてしまえばいい。

それに小説のためと言えば、きっと彼女は拒まない。クリスの思惑も気づかれはしないだろう。

気づいた頃には手遅れになるように、身も心もクリスに依存させればいいのだ。

「クリス……？」

自分を見つめるアビゲイルの瞳は、戸惑いと不安と、わずかな期待に濡れている。

彼女はクリスを欲しているし、クリスもアビゲイルの全てが欲しくてたまらない。

ならばもう遠慮をするのはやめようと、クリスは決めた。アビゲイルを誰よりも理解し、その小説を愛する自分の側にいることが彼女にとって一番良いことなのだから、遠慮する必要もないはずだ。

「まずは、キスから始めようか」

そう言って微笑めば、アビゲイルは泣きそうな顔で恥ずかしがる。でもいつかきっと、彼女は躊躇うことなく自分を求めるようになるだろう。

　クリスはにっこり微笑むと、アビゲイルの美しい唇をそっと指で撫でた。

＊＊＊

　ベッドに横になり、アビゲイルはクリスと深く長いキスを交わしていた。

「舌を絡めるんだ……。……ああ、そうだ……うまいぞ」

　クリスの言いつけに従いながら、淫らなキスを繰り返す状況に、アビゲイルは頭が沸騰しそうになっていた。

　深いキスはもう何度もしたけれど、小説のためとはいえやり方をいちいち言葉にされるのはすさまじく恥ずかしい。

「角度を変えて、もっと深くまで舌を差し入れてみろ」

　知識を言葉で教えて欲しいだけだったのに、クリスはアビゲイルにそれを実践させる。

「ん……アッ、ンっ」

「そう、もっとだアビー」

キスの合間に名前を呼ばれ、アビゲイルの身体の奥がきゅっと甘く疼く。

恥ずかしいのに、心の中ではもっと激しい行為を望んでいる自分もいて、アビゲイルは戸惑いながらも彼の言うことに従ってしまうのだ。

屋根裏部屋で一夜をすごして以来、クリスがベッドの上でアビゲイルに触れたのは今日が初めてだ。

騎士団での仕事が忙しく、帰るのが遅かったせいもあるが、出迎えなどを除けば、彼はまだ少しアビゲイルに触れるのを遠慮している雰囲気があった。

アビゲイルがまだ怖がっていると思って、控えてくれていたのだろう。

ただアビゲイルとしては、彼との触れあいがないことを、少し物足りなく思っていた。

彼と肌を重ねる行為が嫌ではないからだ。

それを認めるのが恥ずかしく、子どもを作る義務を理由にしなければ自分からしたいという勇気も出なかったけれど、アビゲイルはたぶんずっとクリスとこうしたかった。

だから戸惑いつつも、最後は彼に身を委ねることを選んでしまう。

「……んっ……唾液が……」

「気にするな。キスに集中しろ」

先ほどよりさらに強く舌を絡められ、アビゲイルもそれに必死について行く。

舌使いはまだまだ未熟でつたないけれど、それでも角度を変えながら長いキスをしていると、恥ずかしさよりも心地よさが勝っていく。

（この心地よさを、恋人たちは求めるのね……）

キスをしていると、なんだかお互いの心が繋がっていくような気持ちになる。特にクリスはアビゲイルがもっと深くして欲しいというタイミングで舌を差し入れてくれるから、余計にそう思うのかもしれない。

「こうやって、キスで相手の身も心もほぐしたら、そろそろ次だ」

「つぎ……？」

「互いに触れあう。服の上と裸と、アビーはどちらがいい？」

「あぅ、えっと……」

尋ねられると、返事に困る。先ほどまではあれほど恥ずかしかったのに、アビゲイルは今すぐ服を剝かれクリスに触られたいという思いにとらわれている。

（でもそんなこと、さすがに言えないし……）

戸惑うアビゲイルを見て、クリスはそっと彼女を抱き起こす。

「あ、やめてしまうの……？」

「やめない。そんな物欲しそうな顔をされて、やめられるわけがないだろう」

言いながら、クリスは向かい合わせになるようにアビゲイルの身体を膝の上にのせる。

それから彼はドレスの肩口にある紐をゆるめ、ささやかな乳房がこぼれてしまうほど下へと引きずり下ろした。

「あっ……脱ぐ、の……？」

「少しだけな。この前は裸だったし、今回はこのままましよう。色々な状況でした方が、小説に役立つだろう？」

言いながら、クリスの手が服からこぼれた乳房を優しく覆う。

「んっ……」

そのまま優しく揉みしだかれると、触れられたところから、心地よさがじんわりと広がっていく。

「人によって感じるところは様々だが、アビーは胸が弱そうだ」

「あっ……強いのは、だめ……」

「駄目じゃないだろう。ここも、熟れてきている」

アビゲイルに見せつけるように両方の乳首をつまみ、クリスはやんわりと力を入れる。

それだけでアビゲイルの身体はビクンと跳ね、口からは嬌声がこぼれ始めた。

胸を触れられるのは初めてではないけれど、最初の頃よりクリスのもたらす刺激に敏感になっているように思える。

触り方もさほど変わってないはずなのに、声を抑えることが前よりずっと難しい。

「あっ……ん……」

「心地よくなってきたか？」

確かに、クリスのもたらす快楽によってアビゲイルの頭はぼんやりし、身体は芯を失っていく。

トロンとした瞳をクリスに向けながら、アビゲイルは彼の愛撫に身を任せる。そうしていると恥じらいもいつしか消えて、むしろもっと触れて欲しいという気持ちばかりが溢れてくる。

「そろそろ、他の場所がいいか？」

そんな質問にも素直に頷くと、クリスがアビゲイルの下着をずり下げる。

「あっ……」

驚いたような声をあげてしまったのは、冷たいものが太ももを伝ったからだ。

「すごいな、もうとろとろだ」

漏らしたような感覚に、慌てて脚を閉じようとするが、それより早くクリスがアビゲイルの身体を抱き上げ、ベッドから下ろされた。

「あの……どこへ……」

「見た方が勉強になるだろう？」

そう言ってクリスは部屋の片隅にある鏡の前までやってきた。

床に毛布を敷き、彼はアビゲイルを抱いたまま腰を下ろす。

先ほどまでは向かい合わせだったが、クリスの腕がアビゲイルの身体をそこでくるりと裏返した。

鏡と向かい合う格好になり、アビゲイルは頬を赤らめる。

クリスの愛撫によって蕩けきった顔が鏡に映り、恥ずかしさに思わず視線をそらす。

「目をそらすな。ちゃんと見て勉強しないと、良い小説が書けないぞ」

「でも、こんな姿……」

「すごく綺麗じゃないか。ほら、ここもよく見ろ」

クリスはそこで、アビゲイルの太ももに手をかける。

「ここが、アビーが一番感じるところだ」

クリスはドレスをたくし上げると、アビゲイルの脚を思い切り開かせる。

運ばれる途中で下着は落ちてしまったのか、鏡にはいやらしく蜜をこぼすアビゲイルの恥部がはっきりと映っていた。

「いや……はずかしい……」

「でも、知らないと書けないだろう」

逞しい腕に太ももを抱えられ、アビゲイルは脚を閉じることもできない。その上、背後から耳や首筋を舐められると、鏡の中の自分が淫らに震えるのが見える。

「だめ……首……びくってする……」

「ここか？」

うなじのすぐ横を肉厚な舌になで上げられた瞬間、アビゲイルの蜜口から愛液がとろりと落ちていく。

口からも嬌声がこぼれ、アビゲイルは愉悦に溺れ始めた自分と目が合った。

「アビゲイルの好きな場所に、痕をつけておこうか」

「んっ……やぁ……ん」

音がするほど強く吸われると、アビゲイルの口から悲鳴がこぼれる。甘く、もっとせがむような声に、クリスは吸い上げた部分をさらに舌で舐《ねぶ》ってきた。

「もう……むり……、むりなの……」

「何が無理なんだ。ここが、好きだろう？」

「おかしく、なる……から……」

「なればいい。快楽に溺れ、果てる瞬間がいかに美しいか知れば、きっといい小説が書ける」

耳元で甘く囁きながら、クリスの指先がアビゲイルの襞を割る。

同時に、蜜に濡れた芽に彼が触れた瞬間、鏡の中のアビゲイルが淫らに啼き叫ぶ。

「ああッ、そこ……だめ……！」

「駄目ではないだろう。鏡の中のアビー は、すごく良さそうな顔をしている」

あまりにはしたない姿に、彼女は鏡から視線をそらす。だがすぐに顎を掴まれ、再び視線を鏡へと戻されてしまった。

決して強い力ではなかったが、アビゲイルはクリスの指先に抗えない。

頬を赤く染め、荒く息をしながら身体を揺らす姿は浅ましくて、いやらしくて、恥ずかしいのに、目をそらせない。

(見たくないのに……見ちゃう……)

「こぼれる蜜の量が増えたな。アビーは恥ずかしいのが好きなのか？」

そんなことはないと思いたかったが、自分の痴態《ちたい》を見ていると身体の熱は確かに上がっていく。

「ほら、また蜜がこぼれた」

「……み、つ……？」

「ここに、俺を受け入れるための蜜だ」

襞の間をこすっていた指先が軽く曲げられ、アビゲイルの入り口をそっと割る。

「んっ……！」

「大丈夫だ、痛みがあればすぐに抜く」

クリスの太い指が小刻みに動かされ、グチュグチュと音を立てながら中へと入っていくのを、アビゲイルは鏡越しに見つめる。

(クリスの指が、私の中に……)

はじめは違和感があったけれど、ゆっくりと慎重に進んでいく指の感覚に、鏡の中のアビゲイルが気持ちよさそうに目を細める。

そしてクリスの指先が媚肉の一点を強くこすり上げた瞬間、彼女はつま先を震わせるほど戦慄いた。

「ンっ……そこ……」

「気持ちいいのか？」

尋ねられ、アビゲイルは頷いてしまった。認めるのは恥ずかしいけれど、クリスの指先がアビゲイルの内側を撫でると、得も言われぬ快楽に翻弄されて頭がおかしくなりそうになる。

顔が傾き、視線が鏡からそれるが、クリスはそれを許さない。

(見たくないのに……)

見ていると余計に気持ちよくなってしまうのはなぜだろうかと思いながら、アビゲイルは自分の中を犯し始めたクリスの指先をじっと見つめる。

「ふ……ンッ、あぁ……ああ……」

いつの間にか、クリスの手は脚を押さえるのをやめ、アビゲイルの中と乳房の両方に刺激を与え始めた。

けれどアビゲイルは、拘束されていた頃よりさらに大きく股を広げ、鏡に向かっていやらしく腰を振っていた。

「まだ狭いから、俺のを入れるのはしばらく無理か……」

「ごめんな、さい……」

「いいんだ。だが代わりに想像してみろ、指ではなく、俺のものがアビーのここに入るところを」

想像は得意だろう？　と微笑まれると、アビゲイルの脳裏に凶器のように太く逞しいクリスのものが浮かんでくる。

「あれが……なかに……」

「そうだ。ここがもっとほぐれたら、あれを中に入れる」

「無理よ……。大きすぎるわ……」

「無理じゃない。アビゲイルのここは、最初のときよりずっとほぐれている」

気がつけば、アビゲイルの花弁を押し開く指が二本に増えている。

それをぐっと差し込まれると、先ほどより強い圧迫感を覚え、アビゲイルの腰が逃げるように引けてしまった。

「ああっ、まって……」

「こうすれば痛みはないはずだ」

二本の指はアビゲイルの感じる場所を的確に攻め、抵抗も恥じらいも全てを愉悦でかき消していく。

そのままゆっくりと中を押し広げられるが、確かに痛みはなかった。ただただ心地よくて、アビゲイルの心はぐずぐずに蕩けていく。

「中に入れるところ、想像できたか……？」

クリスの言葉に、アビゲイルの頭は勝手に想像力を働かせる。

（あの、大きいのが、私の中に……）

裂けてしまうのではと思うほど荒々しい熱杭が、自分の中をいっぱいにする様を想像した瞬間、アビゲイルの内側がクリスの指先をキュッと締め上げた。

「想像しただけで、気持ちよくなってきたのか？」

「そ、そんなんじゃ……」

「なら、この指はいらないか？」

言いながら、クリスは二本の指を抜こうとする。途端に切なさが身体を支配し、アビゲイルの目に涙が浮かぶ。

「だめ……、やだ……」

アビゲイルの中は疼き、彼女は自ら腰を突き出し、彼の指を深くくわえ込んでいく。

恥じらいはもうなかった。代わりにあるのは、彼の指をくわえ込んでいたいという淫ら

な欲求だけだった。

「……このまま、抜かないで……」

「アビーが望むなら、そうしよう」

「このまま……このままがいいの……」

快楽に理性を溶かし、アビゲイルは喘ぎながら懇願する。

そして彼女は鏡に映る自分を見つめながら、クリスの指の動きに合わせ腰を跳ねさせた。

「あっ……きちゃう……おかしくなる……」

「自分の達くところをよく見て、感じておくといい」

ぐっと指を深く差し入れられ、アビゲイルの弱い場所をクリスが容赦なく抉る。

「あああっ、ああっ――！」

言われるがまま、アビーは淫らに揺れる自分の姿を見ながら、激しい愉悦に果てる。

強すぎる快楽に視界は白く爆ぜてしまったけれど、達する瞬間に見えた、淫らではしたない自分の姿は、脳裏に焼き付いて離れない。

同時に、果てたアビゲイルを見つめるクリスの色香に満ちた顔も、彼女ははっきりと記憶する。

（これが、愛し合うってことなのね……）

恥ずかしさを捨て去って、自ら欲望に飛び込み、相手に心を開くこと。それが身体を重ねるということなのだと、アビゲイルはぼんやり思う。

きっとお互いが両思いであれば、全てをさらけ出すことでその絆《きずな》は深まっていくのだろう。

「これで、いい小説が書けるな」

果てたアビゲイルの耳元で、クリスが満足そうに囁く。

その言葉に、アビゲイルはほんの少しだけ、寂しさを覚える。

（きっと、私たちの距離は、ずっとこのままだ……）

クリスが身体を開かせたのは、小説と跡継ぎを作るためでしかない。

アビゲイルはクリスの女神だけれど、恋人ではない。だから溢れ出す愛おしさをぶつけるような、そんな行為にはきっとならない。

そう思うとたまらなく切なくて、アビゲイルは泣きそうになるのを堪えながら、ゆっくりとクリスの胸に身体を預けた。

第五章

「うちのバカ息子とは、うまくやっているかね？」

その唐突な質問に、アビゲイルが口に入れたスープを噴き出しかけたのは、夕飯の席でのことだった。

クリスは泊まりがけの演習に出ていて、席に着いているのはアビゲイルとバート、そしてルークの三人だ。

例の恋愛小説が一段落して以来、アビゲイルは皆と食事をとるようになったのだが、不意打ちのように夫婦生活に関する質問をされると、毎回ビクッとしてしまう。

小説の参考にという理由をつけて、ここのところずっと、暇さえあればアビゲイルはクリスと淫らな行為に及んでいる。

ただしまだ挿入はしておらず、バートたちが待ち望む跡継ぎを得るにはほど遠い。

（そろそろしても大丈夫……とは思うのだけれど……）

手元の皿にのったソーセージの倍以上もあるクリスのものを思い出し、アビゲイルはうっかり青ざめる。

毎日のように中をほぐされているので、最初よりは大分受け入れやすくなっているとは思うが、クリスのあれはあまりに大きく、まだ少し恐ろしさが拭えないでいる。

「ん？　何か問題でもあるのかな？」

アビゲイルが青ざめたことに、察しの良いバートは気づいたのだろう。

普段は温厚な顔にわずかな鋭さを潜ませ、バートはじっとアビゲイルを見つめてくる。

「いえ、あの、クリスとはうまくやっています」

「ならいいが、女性とはずっと縁がなかった男だからな……。アビゲイルちゃんに迷惑をかけていないかと、それが心配なんだ」

ため息をこぼすバートに、側にいるルークも無言で頷いている。

クリスがマリアベルに心酔し、彼女も作らず小説に入れ込んでいたことは彼らも知っている。

クリスは良くも悪くも自分を隠さないから、彼の残念なところは家族に筒抜けで、ちゃんとアビゲイルを妻として扱っているか心配なのだろう。

「相変わらずなところもありますが、よくしてもらっています」

「だが、マリアベル、マリアベルとうるさく言って困らせているのでは？」

「そこは否定できませんが、慣れていますので」

言いながら、今更のように、アビゲイルは申し訳ない気持ちになる。

「むしろ、息子さんが道を踏み外すきっかけを作ってしまって、本当にごめんなさい」

「謝罪なんてしないでくれ。道を踏み外して残念な方向に転がり落ちていったのは、息子自身の問題だ」

「でも、時々思うんです。自分がマリアベルのお話を書かなかったら、クリスはもうちょっとまともでいて、私なんかよりもっと良いお嫁さんをもらえたのかなって」

うっかりこぼれた弱音に、アビゲイルは慌てて口を噤む。

そんなとき、ふっと、小さく笑ったのはルークだった。

「クリスの相手に、アビー以上にふさわしい女性はいないと思うが」

「でも、私って小説を書く以外に何も能がないし」

「書けるだけですごいじゃないか」

「でも、花嫁修業の本を読んだら、刺繍とか料理とか、そういうことは当然できないといけないって……」

「それは、庶民向けの本だろう？　うちは使用人がいるし、今のままで問題ないと思うぞ」

ルークの言葉に、バートも笑顔で同意する。

だがそれでも、夫のために刺繍をしたり料理を作ったりする妻の姿にアビゲイルは少なからず憧れがある。

「試してみてもいいとは思うが、アビーとクリスは今のままでもいいと私は思う」

ルークは優しく励ましてくれたが、やはりアビゲイルは今のままの関係に不安を抱いてしまうのだ。

ただでさえ夫のものを受け入れられない駄目な妻なのだから、せめて他のところで努力せねばと思うのである。

「小説も一段落したし、色々やってみます」

「アビゲイルちゃんが頑張りたいと言うなら好きにやってみるといい。必要なものがあれば、何でも揃えてあげよう」

バートの笑顔に頷きつつ、アビゲイルはありがとうございますと、そのときは元気よく頷いたのだった。

＊＊＊

「アビゲイル、お願い、私を目一杯叱って！　そしてそのあと、あなたの作品をエルペルド語とウルセリア語に翻訳して!!」

だが花嫁修業を頑張ろうと決意した翌日、思いがけない障害がアビゲイルのもとにやってきた。

今まさに刺繍の練習を始めようとしていたとき、エレンが馬車でやってきたのである。

突然の来訪にも驚いたが、何やら慌てふためいたその様子にアビゲイルは戸惑う。

「えっと、それは翻訳の依頼……ということかしら？」

「あと新作も……！　新作をください!!」

冷静なエレンらしくない慌てぶりに、アビゲイルはお茶を勧めながら落ち着くように諭す。

「とにかく座って。それで、何があったか教えて？」

「一言で言うと、あなたの小説が当たったの。すさまじい人気で、どこの書店でも完売なの！」

冗談でしょと言いかけたアビゲイルの前に、書評の載った新聞がぐいっと差し出される。

『アビゲイル＝ランバートの新境地。巧みな描写と心躍る恋模様は圧巻』

『女性向けと侮るなかれ。男性にも刺さる素晴らしき恋愛小説がここに誕生した』

などなど、びっくりするほど褒め言葉が並んでいる。

「当たると思って急いで売り出したけど、こんなことなら発売を遅らせればよかったわ！　全然供給がおいつかなくて、印刷所も大慌てなの！」

通常の場合、原稿を出版社に渡してから出版されるまでは間が開くことが多い。だが今回は原稿を見せた瞬間、『売れる!!』とエレンが断言し、通常よりかなり速いペースでの発売となったのだ。

恋愛小説が流行っているうちにと急いだようだが、それが裏目に出たと彼女はかなり凹んでいる。

「いたらない編集で、本当にごめんなさいね」

「そんなことないわ！　むしろ恋愛小説を書けと言ってくれたのはエレンだし、感謝しているの」

「なら、さらに図々しいお願いをしてもいい？」

チラリと上目遣いにねだられ、アビゲイルは友人の強《したた》かさに舌を巻きつつ頷いた。

「翻訳のことなら、すぐに取りかかるわよ？」

「それはもちろんだけれど、新作も欲しいの！」

言うやいなや、エレンは真っ白な原稿用紙をアビゲイルの膝の上に置く。

「この前の続編でも、何でもいいの！　とにかく新作を、新作をちょうだい!!」

「そ、そんなに一気には無理よ。マリアベルの方もまだ手つかずだし、それにその、私実は結婚したばかりで……」

「もちろん知ってるし、可能な限りでいいの！　あなたたちが熱々なのは噂になってるし、仲を裂こうってわけじゃないわ」

「う、噂……？　熱々……？」

「知らなかったの？　クリスさんがあなたを溺愛してるって、すごい噂になってるわよ。彼、騎士団や社交の場であなたとののろけ話をずーっとしてるみたい」

「そ、そうなの!?」

このところ家から出ず、小説ばかり書いていたアビゲイルには寝耳に水の話だった。

それにそもそも、その噂はどこから出てきたのだろうかと疑問を抱く。

(エレンはああ言ったけど、クリスが私のことを喋るなんてあり得ないし)

そもそも彼はマリアベルのことしか考えていないし、自分には自慢されるような魅力も特にない。

「みんなきっと勘違いしてるのね。たぶんマリアベルの賛辞を、私へのものと取り違えてるのよ」

「でも熱々の新婚生活じゃないの？」

「熱々……と言われると、そうとも言えるのかしら」

「それなら二人の時間を優先したいかもしれないけど、ちょっとくらい時間を作れない？それにほら、クリスさんはあなたの小説が何より好きだし」

そこは否定できず、アビゲイルは断りの言葉に困る。

エレンの言うとおり、この話をすればクリスは絶対引き受けるべきだと言うだろう。

そして書き終わるまでは子作りは控えようと言い出しかねない。

（まあ、まだクリスのアレを受け入れられるか不安だし、それはそれでいいんだけど……）

それでも仕事ばかりに時間を使って、愛想を尽かされる可能性もないわけではない。

手つかずになってしまった刺繍セットを見つめながら、アビゲイルは「とりあえず仕事量のことはクリスと相談してみる」とエレンに告げた。

＊＊＊

「クリス隊長、奥様がお見えですが、お通ししてもよろしいですか？」

部下の言葉に、クリスは確認していた書類から勢いよく顔を上げる。

執務机の上に置かれた大量の書類と、休憩時間に読むアビゲイルの著書の山を崩すほどの勢いに、部下はビクリと肩を揺らす。

「アビーが来たのか？」

「はい、隊長にお昼を持ってきたとおっしゃっていますが」

「すぐ通せ。あ、いや、三分だけ待ってくれ、すぐ片付ける」

応接用のソファの上には汗臭い訓練着と剣を放ったままだったので、クリスは慌ててそれらをまとめて机の下に隠す。

そこでクリスは、自分が半裸であることに気づいた。彼が隊長を務める小隊は男所帯であり、砦の中ではついつい身だしなみにだらしなくなる。

特に今日のような暑い日の訓練後は、半裸のままで過ごすことが常なのだ。

とはいえ綺麗なシャツも手元になく、どうしようかと迷っているうちにアビゲイルが部屋へとやってくる。

そして彼女は半裸のクリスを見て、赤面した。

（……かわいい）

その姿があまりにかわいくて、クリスはシャツを探していたことも忘れてアビゲイルの側へ歩み寄ると、その身体をぎゅっと抱きしめた。

「ク、クリス……!?」

胸をバシバシ叩かれ、そこではっと我に返る。

「すまない、汗臭かったか？」

「そうじゃないけど、なんで服を着ていないの？」

「訓練が終わったばかりで暑くて……」

それにシャツも見当たらないのだと告げれば、アビゲイルは彼の執務室をキョロキョロと見回した。

「昔からそうだけど、クリスって片付けが苦手よね」

「それで、よくアビーに怒られたな」

「だって、食べかけのサンドイッチを三日も放置するんですもの」

「さすがに食べ物はもう放置しないぞ」

クリスは言ったが、アビゲイルはあまり信じていないようだ。

呆れたような、けれど愛らしい顔で小さく肩をすくめると、持っていたバスケットをクリスに差し出す。

「これ、お昼に」

「わざわざ持ってきてくれたのか？」

「話したいこともあったしそのついでよ。三日くらい家に帰れないって聞いてたし、洗濯物もあれば持って帰るわ」

言うなり、アビゲイルは教えてもいないのに執務机の下を覗き込むと、そこから汚れたシャツとズボンを引っ張り出した。

「よくわかったな」

「昔から、クリスは都合の悪いものは全部机の下に隠すから」

「そうだったか？」

「そうよ。洗濯物も、卑猥な本も、返事に困ったラブレターも全部机の下に隠すんだって自分で言ってたじゃない」

確かに、昔そんなことを喋った気もするなと思いつつ、クリスはシャツをたたむアビゲイルを見つめた。

いつもは部下や使用人に頼んでいるが、アビゲイルに片付けをされるのは悪い気分ではなかった。

昔からアビゲイルは、洗濯や掃除、片付けが得意だ。彼女の家には使用人がいなかったので自然と覚えたそうだが、テキパキと働く彼女はかわいらしくて、手伝いつつじっと眺めてしまう。

「な、なに……？」

クリスの視線に気づいたのか、アビゲイルが彼を見上げる。

「アビーから、目を離したくなくて」

「い、意味がわからないわ」

「自分でもそう思う」

だが実際、そのとおりなのだから仕方がない。

(このところずっと、俺は活字よりもアビーの姿ばかり追っている気がする)

仕事場でも、時間ができればアビゲイルの著書を手に取り、彼女のことを考える時間が増えた。

アビゲイルは今頃何をしているだろうかと思い始めると、あっという間に時間が過ぎてしまい、本を読んでいる暇さえないほどだ。

(アビーを俺に溺れさせるはずが、俺の方がアビーに溺れている気がする)

結婚する前よりももっと、クリスの中でアビゲイルと一緒にいたいという気持ちが強まっている。

そのせいで、アビゲイルの仕事の邪魔をしてしまったら元も子もないとは思うが、彼女の姿を見てしまうと、触れたくてたまらなくなるのだ。

(少しくらいなら、いいだろうか)

何となく、アビゲイルも自分と一緒にいたいと思ってくれている気がして、クリスは胸に芽生えた躊躇いを振り払う。

「よかったら、一緒にお昼を食べないか？　丁度休憩しようと思っていたところだし、アビーをもう少し見ていたい」

「それはかまわないけど、じっと見られるのはちょっと……」

「いいじゃないか、俺はアビーが食べてる姿、好きだ」

「す、好きっ……!?」

「そんなに驚くことか？」

「だって、今まで、そんなこと一言も……」

「言ってなかったが、昔から好きだぞ。小動物のようで愛らしいと思う」

普段は小説の話やマリアベルのことばかり喋ってしまうけれど、アビゲイルのすることは全て好ましいしかわいらしい思うのは紛れもない事実だった。

一緒に暮らし、共にいる時間が長くなったことで余計にそう思う機会が増えたが、今も昔もアビゲイルへの思いは変わらない。

だがこれ以上の賛辞は、恥ずかしがり屋のアビゲイルを困らせてしまいそうだったので、クリスは話題を変える。

「おっ、サンドイッチか」

応接用のソファに二人で座り、クリスはバスケットの中身を取り出した。

「ん、でも今日のは少し形が変だな？」

料理人は手でも怪我をしたのかと思いつつも、空腹だったので早速口に入れるが——。

「んッ――!?」

直後、クリスは涙が出るほどの辛《から》さと苦《にが》さに思わず咳き込んだ。

まさか毒でも入っていたのかと思ったが、その類《たぐ》いの味ではない。それにそんなものをアビゲイルが持ってくるわけがない。

「ご、ごめんなさい!!　だ、出して!!　今すぐ全部出して！」

咳き込むクリスに、アビゲイルが泣きそうな顔でそんなことを言う。

（もしかして、これは……）

今すぐ口から出してしまいたい味だが、それでも何とか呑み込んだのは、このサンドイッチを作ったのは彼女かもしれないと思ったからだ。

それを尋ねる余裕はなかったのでとりあえず水を要求すると、彼女は急いで持ってきてくれる。

「アビー……これは……君が作ったのか？」

息を整えながら尋ねると、アビゲイルは答えに困った顔で、ドレスの裾をぎゅっと握りしめる。

震える唇を引き結んでいる様子を見ると、どうやらクリスの読みは当たりらしい。

（そういえば昔から、アビーは料理がまったく駄目だったな）

掃除と洗濯は得意だが、裁縫と料理だけはからっきしなのだと落ち込む姿を見たのは一度や二度ではない。

　そのせいで妹には嫌みを言われ、父親には『料理以外の取り柄を見つけなさい』と苦笑されていたという。

「ごめんなさい。やっぱり、料理人のジョンに作ってもらえばよかったわ」

「いいんだ。アビーが作ってくれたと思うと嬉しい」

「でも、不味《まず》かったでしょう……？」

　肩を落とすアビゲイルに、クリスはサンドイッチをもう一口食べる。

「確かに、すごい味だ」

　隠していても仕方がないし、むしろ世辞を言うのは失礼だと思い、クリスは潔く認める。

「だがどんな味でも、嬉しいことに変わりはない」

「そ、そんなに食べなくていいわ！」

「でもアビーが初めて俺に作ってくれたサンドイッチだぞ」

　辛《から》くて苦《にが》いけれど、はじめから味を覚悟していれば咳き込むようなことはない。それよりもアビゲイルが、自分のためだけにこれを作ってくれたのだと思うと、幸せすぎて身体が熱くなってくるくらいだ。

「これから毎日でも作って欲しいくらいだ」

「まさか、不味すぎて頭がおかしくなったの？」

「安心しろ、俺は正気だ」

だから少し落ち着いてくれと、今度は逆にクリスが彼女に水を渡す。

「お前が職場に来てくれただけで嬉しいのに、料理まで持参されて喜ばないわけがないじゃないか」

「本当に？」

「ああ、そこは疑わないでくれ」

騎士団は女人禁制ではないし、家族や友人の訪問を禁止しているわけではない。

むしろ飯時になると、夫や恋人に弁当を持ってくる者も多く、クリスはいつもそれをうらやましく眺めていた。

それを悟られ、部下たちが得意げに自慢してくるものだから、『お前らには見せないが、俺の妻は誰よりもかわいい』とムキになって言い返すことが多々あった。

「仕事の邪魔になるかと思って言わないでいたが、本当は少しでもいいから顔を見せにきて欲しいと思っていたんだ」

本音と共にクリスが口づけを落とすと、ようやくアビゲイルは落ち着きを取り戻したようだった。

だがその表情は、少し浮かないようにも見える。

「実は、今日はその仕事のことで来たの。この前、クリスに手伝ってもらったおかげで書くことができた恋愛小説のことを覚えてる？」

「『愛はオレン川のように』だな。あの小説は五十四ページ目の……」

「か、感想はもう三百回くらい聞いたからまた後にしましょう！　それよりその小説が、今すごく売れてるみたいなの」

「本当か!!」

アビゲイルの言葉に、クリスは自分のことのように喜び手を叩く。

「あれは、絶対売れると思っていたんだ!!」

「だからね、それを他の言語にも翻訳して欲しいって依頼が来たの。私自身の文章で書き直した方が、絶対評判になるからって」

「確かに、アビーより語学が堪能な者はこの国にはいないからな」

少しでも多くの本が読みたいからと、二人は小さな頃からオレアンズで使われる様々な言葉を勉強していた。

それをアビゲイルは翻訳の仕事で、クリスは騎士団での任務で活用している。

どちらかと言えば喋るより読み書きの方が得意だが、三カ国語以上を使えるクリスは諸外国からやってくる来賓の警護で重宝され、今仕事が忙しいのもそのせいだ。

（だが別の言語でまたあの小説が読めるなら、それを励みに仕事も頑張れる気がする）

「アビーの綴るエルペルド語は美しいから、読むのが今から楽しみだ」

「じゃあ翻訳の仕事は受けていいのね」

「もちろんだ」

「あと実は、他にも書き下ろしが欲しいとお願いもされていて……」

「書き下ろしだと……！」

それはつまり新作が読めるということかと、クリスは思わず興奮する。

（……だが待て、そうなるとアビーはますます忙しくなるな）

つまり二人の時間がとれなくなるということに思い至ったが、そもそも仕事を優先しろと言ったのは自分だ。

『アビーとアビーの才能を守る』と宣言した手前、自分との時間がなくなるからやめろとは言えない。

（むしろこんなことを思うなんて、俺はどうかしている）

小説が売れているのなら、この機会にこそ彼女の才能を世に知らしめるべきだし、そんなときに寂しいから自分を優先して欲しいと考えるなんて、アビーの一番のファン失格だ。

「是非受けるべきだ。身体に無理のない範囲で、好きなだけ仕事に打ち込めばいい」

「で、でも本当にいいの？　私たちその、夫婦なのに、まだ子どもができるようなことをしてないし……」

「身体を重ねていても、何年も子どもができない夫婦だっている。それに今は、仕事を優先すべきだろう」

寂しさを押し込めて、クリスはアビゲイルにそっと微笑む。

「だがもちろん、手伝いが必要ならいくらでも協力する。次もまた、そういうシーンを書くんだろう？」

クリスの言葉に、アビゲイルは真っ赤になってうつむく。それがかわいくて、クリスは思わず彼女をぎゅっと抱きしめた。

「必要なら、俺の身体をいくらでも差し出そう。アビーに負担をかけない程度に気持ちよくするから」

「そんなこと言って、家にいるときは毎日してるじゃない」

「そういえばそうだな……。じゃあ、こういうのはどうだ？」

そう言って、クリスは腕の中のアビゲイルの首筋をそっと撫でる。

途端、甘くじれったいような声をあげる彼女に、クリスの心は高揚していく。

(アビーは、前よりずっと綺麗になった)

そしてクリスのもたらす快楽に、確実に弱くなった。

「こんなところで駄目よ」

「そうか？　主人公への想いを堪えきれなくなった男が、職場で淫らな触れあいに走るシーンはよくあるだろう」

「読んだことはあるけど、現実ではあり得ないでしょう？」

「そんなことはない。恋人と隠れてやってる奴は結構いるぞ」

自分の個室があるのはクリスくらいのものだが、訓練場の裏や倉庫の中で密かに行為に耽る者は少なくない。

仕事中はもちろん許されないが、休憩中にこっそりしている者に関しては見ないふりをするのが常である。

それを告げ、アビゲイルの唇を奪うと、快楽に弱い彼女はあっという間に蕩けてしまう。

「昼は休憩時間が長い。そして皆、下の食堂か外で食事をとるから、ここに来る奴はいない」

「本当に……？」

頷く代わりに、クリスはアビゲイルの身体を抱き上げると、執務机の上に横たえる。

そして彼はアビゲイルの脚から靴と下着をゆっくり脱がせた。

「クリス、やっぱりだめ……」

「すぐに済ませる」

「でもここを汚してしまうわ……」

「汚れないようにすればいい」

スカートをたくし上げると、アビゲイルの細い足を持ち上げ淫らに開かせる。

まだキスしかしていないというのに、既に彼女の花弁は蜜をこぼし、期待にヒクヒクと震えている。

「ふ、んぅ……」

蜜を指先で拭い取り、優しく割れ目をこすると、アビゲイルはそれだけで声をあげる。聞かれるとまずいと思ったのか、そこで彼女は慌てて手で口を覆った。

そうやって必死に声を堪える様子はあまりにかわいくて、クリスは思わず頬をゆるめた。

「そんなに頑張らなくても、誰にも聞こえない」

「でも、もし誰かが通りかかったら……」

そんなことはないと思うが、我慢する様子がかわいらしかったので、やめろと強くは言わないことにした。

代わりにクリスは、指で撫でていた割れ目に、ゆっくりと唇を近づける。

「なに、ンッ、あぁっ……」

アビゲイルに嬌声をあげさせたのは、彼女の蜜を舐めとるクリスの舌だ。

割れ目の間を舌先で抉り、彼女の入り口をぐっと刺激してやると、アビゲイルの身体がビクビクと震える。

「駄目、やだ……ぁっ…」

気持ちよければよいほど、アビゲイルは快楽を拒むようなことを口にする。そしてクリスを拒否するように首を振るが、本音は違うのだと彼は知っている。

アビゲイルの瞳は、淫らな奉仕を求めて潤んでいる。彼女自身は気づいていないようだが、身体はクリスを求め、我慢ができなくなっているのだ。

そう仕向けたのはクリスだ。結婚して以来、彼が少しずつ彼女に快楽の種を植え付け、大事に大事に育てている。

怖がりなアビゲイルを逃がさないように、仕事に影響が出ないようにと、身体の負担を考え挿入はまだしていないが、いずれクリスが欲しくてたまらなくなるように、暇さえあれば己の存在を刻み続けているのだ。

(あと少し……。もう少しだ……)

アビゲイルの抵抗は既に弱々しく、クリスが舌先を軽く動かすだけで戦慄き甘く叫ぶありさまだ。

彼の舌は肉厚だが、アビゲイルの中はそれを易々と受け入れるし、むしろ震える腰は物足りないと言いたげだ。

(もう少しで、アビーは俺だけに夢中になる)

淫らに啼き、クリスのものを求めて身体を震わせるその姿を想像しただけで、彼の身体も熱を高めていく。

(ああ、どうして俺は今までアビーに何もしなかったのだろう)

彼女を守ると、そのために結婚しようと決めるまでは、こんなにも強く彼女が欲しいとは思わなかった。

啼かせたいと思ったのはマリアベルだけだし、むしろアビゲイルには無邪気に笑っていて欲しかった。

（だがもう、それだけでは足りない）

笑顔も、泣き顔も、全てが欲しい。小説を綴るその細い指先でクリスの肌を撫で、いずれ彼のものを強く扱いて欲しい。

そんな考えにとりつかれながら、クリスはアビゲイルの蜜を大きな音を立てて吸い上げる。

「クリス……私……」

「いきたいか？」

唇を離し、クリスはアビゲイルに尋ねる。

こちらを見つめるアビゲイルは小さく唇を噛み、頷いた。

「お願い、もっと、強くして……」

乱れたドレスの裾をたくし上げながら、アビゲイルがクリスに懇願する。快楽に弱い彼女は、一定以上の刺激を与えると、こうして淫らなおねだりをしてくれる。

それが嬉しくてたまらないが、顔には出さず、心の中で喜びに震える。

「仰せのとおりに」

せっかくいつもと違う場所でするのだからと、クリスは仕事のときに浮かべる騎士らしい表情と声を彼女に向けた。

それはアビゲイルの好みに合ったらしく、彼女はぽうっとした顔で期待に震えていた。

(これは一度で終わらないかもな)

彼女も、そして自分も、ささやかな触れあいでは満足できそうもない。

休憩が終わるぎりぎりまで彼女を愛そうと決め、クリスは彼女の身体に溺れていった。

第六章

窓を叩きつける雨をぼんやりと眺めながら、アビゲイルは手にしていたペンをそっと置く。

彼女の手元には今し方翻訳を終えたばかりの原稿が積まれていた。

（思ったより、大分時間がかかっちゃったな……）

近頃、オレアンズでは雨が続いている。

少し前まで続いていた乾季が終わり、雨季へと季節が移行したのだ。その前にエレンから頼まれていた自作の翻訳作業を終わらせたかったが、自分の作品となると手を入れたくなる箇所がどんどん出てしまい、思った以上に時間がかかってしまっていた。

アビゲイルは昔から、雨の季節は体調を崩しやすいしペンものらない。

（季節が変わるまでに新作とマリアベルの続編にも取りかかりたかったのだけど……）

この分では無理そうだと悟り、アビゲイルはため息をこぼす。

「すまない、少しいいだろうか」

そんなとき、控えめなノックと共に顔を出したのは意外な人物だった。

「もちろんです、どうぞ」

アビゲイルの言葉で部屋に入ってきたのは、ルークだった。普段は彼の方から話しかけてくることも稀なので、わざわざ部屋までやってきたことに驚きながら、アビゲイルは足の悪い彼にソファを勧める。

「最近ずっと部屋にこもっているから、様子を見に来たんだ」

「ご、ごめんなさい……」

「叱りに来たんじゃない。ただ、弟から様子を見ておいて欲しいと言われてな」

そこでルークは、懐からやたらと長い紙を取り出す。

「あの、それは？」

「クリスからのメモだ。仕事で帰れない間、ここに書かれたことを毎日確認しろと言われた」

過保護すぎるクリスに呆れつつ、アビゲイルはルークと共にメモを覗き込む。

食事をとっているか、睡眠時間は足りているかなど、アビゲイルの健康状態を知るための質問が、かなり沢山書かれている。

近頃はクリスも忙しく、なかなか家に帰って来られないのはわかっているが、それにしてもこれを他人に確認させるのはどうかと思う。

「ま、真面目に取り合わなくて大丈夫ですよ。何だったら、私の方から元気だって手紙を書きますし」

またお昼を持っていっても良いかもしれないと考えていると、ルークは静かに首を横に振った。

「私が適当に答えておくから問題ない」

「でも……」

「君の仕事の邪魔をしたくないそうだし、手間をかけさせるなと言われている」

確かに最近の彼は、これまで以上にアビゲイルの仕事を邪魔しないようにと気を遣っているように見える。

仕事から帰ってきてもアビゲイルが寝ていると絶対に起こしてくれないし、見送りや出迎えもしなくていいと言われている。

だから騎士団にも行きづらくなり、顔を合わせる時間はどんどん減っていた。

「……クリスと、うまくいってないのか？」

アビゲイルの浮かない顔から何かを察したのか、ルークが尋ねる。

うまくいっていないと言ってしまえば、妻にふさわしくないと言われそうなので慌てて否定するが、アビゲイルを見つめるルークの眼差しは鋭かった。

「今日来たのは、クリスがアビーに迷惑をかけていないかを確かめるためだ」

メモは口実だと言いたげなルークの声に、アビゲイルはさらに言葉に詰まる。

「うまくいってないように、見えますか？」

「お互い、いつも何か我慢をしているように見える」

彼への気持ちを隠しているアビゲイルには心に痛い言葉だった。

「それから……、身体の相性が悪いのかと心配もしている」

「……あ、相性？」

「お前たち、まだだろう」

突然の指摘にアビゲイルがはっと息をのむと、そこでルークが少し慌てたように視線を泳がせる。

「すまない、この手の話はアビーではなくクリスの方にすべきだったか」

「い、いえ……それよりあの、どうして……」

「何となく……としか言いようがないが」

騎士をやっていた頃から勘は鋭いのだと、ルークは苦笑する。

「だが安心しろ。父上は気づいていないし、言うつもりもない」

「ごめんなさい……」

「アビーはすぐ謝るが、謝る必要など何もない。それにあいつのものは少し大きすぎるから、兄として心配もしていた」

「あいつのものって、あの……」

「兄弟だから裸くらい見る。そしてアレを受け入れる女性は辛かろうと思っていたのだ」

ルークの告白に恥ずかしさを覚えると同時に、男性から見てもアレはかなり大きいのだとアビゲイルは今更ながらに知る。

「だから、急ぐ必要はない」

「でも、子どもを作るのが結婚の条件だったので、心苦しい気持ちもあるんです」

「私に言わせれば、アビーとクリスには既に沢山の子どもがいるようなものだ」

そう言って、ルークが指さしたのは机の上に置かれている本と原稿だ。

「お前たちの子どもは、沢山の人を笑顔にする。それは、素晴らしいことだと思う」

「ルークお義兄様……」

救われたような気持ちになり、アビゲイルの不安は少し消える。

だがそれでもやはり、今のままではいけないという気持ちは拭いきれない。

「けれど今のままでは、クリスの妻にふさわしくないという思いもあって」

「そうなのか？」

「私は小説でしか、彼を喜ばせることができないので」

「そんなことはない。あいつは昔からアビーといるときは幸せそうだ」

「それは私の小説や知識が好きだからです。私となら本の話ができるし、それにマリアベルのこともあるから」

でもアビゲイル自身を好きなのとは違う。それはずっと昔からわかっていたことなのに、最近は特にそれが辛いのだ。

結婚して、彼の隣にいることを許されただけで満足しなければならないのに、近頃のアビゲイルはずっと欲深くなってしまった。

そのことをずっと悩んでいたせいか、隠し続けてきた思いが、つい口からこぼれてしまう。

「私、たぶん一度でいいから言われたいんです。小説を書けなくなっても、アビーが好きだって」

けれどきっと、それだけはあり得ない。

彼は優しいし、もし何かの理由で書けなくなっても側には置いてくれると思うが、きっと彼の中の一番にはなれなくなる。

（一番じゃなくてもいいって、思っていたはずなのに……）

いつの間にか、彼の特別な存在でありたいと、アビゲイルは強く思い始めている。

でも小説しか取り柄のないアビゲイルは、彼の特別になる方法がまるで浮かばないのだ。

「多くを望むことは、悪いことではない。だが望んだものを手にできなくても、自信を失いすぎるな」

小さい頃にしてくれたように、ルークはアビゲイルの頭を優しく撫で、微笑む。

「アビーとクリスのことは、ずっと見てきた。そしていつも、自分にも二人のように常に互いを支え合える相手がいればと思っていたものだ」

自分のことをあまり語らないルークにしては珍しく、彼は心のうちを素直に口にしてくれる。

「私がうらやましいと思うほど、お前たちは良い夫婦だ。だからもう少し自信を持つといい」

ルークにそこまで言われると、ウジウジと悩んでいるわけにもいかない。

「わかりました、あまり考え過ぎないようにします」

「そうするといい。クリスほど脳天気になれとは言わないが、何事もほどほどが一番だ」

弟を貶しているようにも聞こえるが、その声には深い慈愛が満ちている。

小さな頃は身体つきに差もあったし、今もあまり似ていないが、それでも二人は仲がいい。ルークは、弟のことを常に気遣っているのだろう。

そして弟の妻である自分をも気にかけてくれる彼はなんて素敵な紳士なのだと思っていると、不意に小説のネタが降ってくる。

（格好いい騎士の兄弟が出てくる小説……なんていいかも。三角関係は流行っていると言うし、二人の格好いい男性の間で揺れる主人公とかよさそう！）

そう思うと、先ほどペンを置いたばかりなのに、もうすぐにでも書きたくなってくる。

「その顔、何かネタが降りてきたようだな」

察しの良いルークは、そう言うとソファから立ち上がる。

そのまま出口へ向かうルークを見送る間にも、アビゲイルの頭の中では既に物語が走り出している。

だから彼女はルークが部屋を出て行く寸前に、「言い忘れていた」と立ち止まったことにもさほど気を止めなかった。

「ある人が君を城の舞踏会に招きたがっているのだが、やはり断った方が良いだろうか？クリスが、君は華やかな場は苦手と言っていたのだが、身分の高い方なので一応君にも伝えておいた方が良いかと――」

「舞踏会!?　すごく素敵な響き……！」

（そこで二人の騎士と出会うのはどうかしら！　それも仮面舞踏会とかなら華やかで素敵かも）

「ん？　嫌ではないのか？」

「踊るのは、素敵だと思います」

（二人の素敵な騎士との甘いダンス……これは……いいわ……!!）

「では君も行くと返事をしておこう。……その方が、あの方も喜ぶだろうし」

そう言って、ルークはどこか嬉しそうな顔で部屋を出て行く。

一方アビゲイルは、ルークとの会話が成り立っていなかったことにも気づかず、急いで書き物机に向かったのだった。

＊＊＊

「アビーが舞踏会に行く……!?」

思ってもみなかった話を聞かされたのは、連日の勤務を終えたクリスが、三日ぶりに屋敷へと帰ってきた夜のことだった。

アビゲイルがこの屋敷に来て以来、クリスはたとえ五分でも時間があるのなら屋敷へと帰り、彼女の顔を見るようにしていた。

だが盗賊団の討伐の任を受けたせいで、ここ三日ほどは屋敷どころか砦にも戻れず、野山を歩き回る羽目になっていたのである。

ようやく目的を達成し、これでアビゲイルの顔を見られると屋敷に帰ってきたところ、寝酒を取りに部屋から出てきた兄に、舞踏会のことを聞かされ唖然としたのだ。

「本当に、本人が行きたいと言ったのか？　まさか無理強いしたわけじゃないだろうな」

「私も驚いたが、本人が前向きなので出席の返事を出しておいた」

「前向きって嘘だろう。彼女は社交の場が大の苦手だぞ」

アビゲイルは自分の容姿に劣等感を抱いており、貴族が多く集まる場は好きではないのだとよくクリスにこぼしていた。

彼女はなぜか昔から自己評価が低い。護衛の仕事で日頃から美しく着飾った女性を見ることが多いクリスから見ても、人目を引く美しい容姿をしていると断言できるのに、本人はそれにまるで気づいていないのだ。

そんな彼女の美しさを妬《ねた》み、陰口を叩く者が貴族には少なくない。アビゲイルは他人から極端な好意と悪意を向けられやすいのだ。

ぼんやりしていると表情がきつくなってしまうし、クリス以外の前では口下手だから、会ったばかりの人からは失礼な女性だと誤解されがちなのである。

だが一度ちゃんと話せば彼女の思慮深く優しい人柄に誰もが魅了され、それまで嫌っていた人でもコロッと彼女のファンになったりもする。また貴族の令嬢たちは小説が好きな者が多く、アビゲイルの作品も人気だ。

『アビゲイル＝ランバートを慕う会』なるものも貴婦人の間で開かれていると言うし、決して彼女の周りは敵ばかりではない。

ただそれを本人に説明しても『人気なんてあるわけないわ』と自己評価の低いアビゲイルは信じないし、彼女のもとには悪意ある言葉の方が届きがちだから信じてもらえない。

そのため彼女は社交の場が苦手で、唯一顔を出すのは作家や芸術家たちが多く集まる一部のサロンくらいである。

「今から断れないか？」

「王女主催の舞踏会だぞ、さすがに無理だ」

それに参加者は、作家や画家といった芸術家が多いらしく、アビゲイルも過ごしやすいだろうとルークに言われ、クリスはひとまず口を閉じる。

「だからきっと、この前の喫茶店でのようなことにはならない」

安心しろと肩を叩かれ、思わず怪訝な顔をする。

「喫茶店でのこととは……何かあったか？」

クリスの返しに、今度はルークが眉をひそめた。

「アビーが陰口を叩かれていたときのことだ」

「なんだと!!」

思わず怒鳴ると、ルークが目を見張り、訝《いぶか》しがる。

「まさかお前、本気で気づいていなかったのか？」

そこでクリスはルークから、アビゲイルへの陰口を叩いた者がいたこと、それを聞いていられず、側を通ったルークが間に入ったことを知らされる。

「本当に気づいていなかったとはな」

「あ、あのときはマリアベルの話に夢中になっていて」

「確かに、興奮しながら喋っていたな」

だから目立っていたとも言われ、クリスは何となく状況を察する。

(俺が話に夢中になったせいで、アビーがいらぬ注目を浴び、陰口を叩かれることになったのか……)

前々から、自分が人目を引きすぎてしまう自覚はあった。

だがクリスはそれをあまり気にしていないし、アビゲイルと過ごせる時間は貴重だから、暇さえあればところかまわず小説の感想やマリアベルのことを喋り続けてしまうのが常だった。

話に夢中になるあまり周りが見えなくなることもあったが、それでも彼女に何か危険があればすぐ対応できる自信があった。だがルークの話が本当なら、クリスは彼女を守れていたとは言いがたい。

「……俺は最低だ」

項垂れるクリスに、ルークが珍しく慌てた様子で彼の肩に手を置く。

「この前は、たまたま聞こえなかっただけかもしれない」

「だが、彼女を守れなかったことに変わりはない」

そんな自分が彼女の側にいる資格はあるのだろうかとまで考え、クリスの気持ちは深く沈む。

同時に、あのときアビゲイルがルークに向けていたキラキラとした眼差しを思い出す。

(役立たずの俺とちがって、あのときはルークの方が救いの騎士に見えたんだろうな)

あんなかわいい顔をルークに向けるなんてと、怒りさえ感じていた自分が情けない。

彼女があの表情を向けてくれないのは、そもそもクリスに原因があったからなのだ。

「そんな顔をするな。後悔しているなら、舞踏会で名誉挽回すればいい」

「だが、もしまたしくじったら……」

「いつもの勢いはどうした。暑苦しいほど前向きなのが、お前の取り柄だろう」

ルークの言葉に、クリスは小さく頷く。

確かにいつまでも情けなくウジウジしているわけにはいかない。すぐ泣き、落ち込む弱い自分はとうの昔に捨て去ったはずだと言い聞かせ、クリスは顔を上げる。

「そうだな、次で挽回する」

そのために舞踏会では絶対失敗できない。むしろ彼女にとってその日が特別な日になるくらいのことをしようと考えて、クリスはあることを考えつく。

「ルーク、舞踏会の主催者はレイデ王女だったよな？」

「ああ、彼女だ」

「なら、アビーをレイデ様に会わせてやれないか？　そうすればきっと、アビーも喜ぶと思うんだ」

なにせレイデは、クリスに劣らないくらいアビゲイルのファンなのだ。だからきっとレイデはアビゲイルにひどいことは言わないし、むしろ彼女の感想を聞けば、アビゲイルの活力になるに違いない。

(苦手な舞踏会に出るんだし、少しくらい良いことがあった方がアビゲイルも嬉しいだろう)

我ながら名案だとクリスはルークに笑顔を向けたが、ルークはなぜだか少し浮かない顔をする。

「それは問題ないが……」

「なら頼んでくれないか？　レイデ様は、今もルークの頼みなら聞いてくださるだろう？」

ルークは騎士団を辞したが、かつての護衛相手だったレイデとは今も交流がある。

今回の舞踏会に関しても、招待状とは別に『アビゲイルを連れてきて欲しい』とルーク宛に手紙も来ていたほど仲がよいのだ。

「頼む、アビーを喜ばせてやりたいんだ」

「俺が頼まずとも、レイデ様の方からお願いしてくるだろう。だがあの方も緊張すると喋れなくなる性質だから、お前がちゃんと間を取り持ってやれよ」

「もちろんだ！」

アビゲイルとレイデは似たところがあるし、打ち解ければきっと二人は仲良くなれるに違いない。

（王女であるレイデから褒められれば、きっとアビゲイルも自信をつけられるはずだ！）

二人の仲を取り持つこと、それがこの前の失敗を挽回する、最大のチャンスのように彼には思えたのだった。

＊＊＊

「こ、これは何……!?」

振り返ると、アビゲイルを待ち受けていたのは色の洪水だった。

（私、夢でも見ているの……!?）

ようやく小説の執筆が一段落したとき、彼女はいつになく部屋が騒がしいことに気づいて振り返った。

するとそこには屋敷のメイドたちが何人も立っており、しかも彼女たちは鮮やかな色のドレスをいくつも抱えていたのだ。

「作業は一段落したか？」

そしてメイドたちの中心で、アビゲイルに微笑みを浮かべていたのはクリスだった。

その笑顔はいつになく輝いて見え、現実へと戻ってきたばかりのアビゲイルには少々まぶしいほどだった。

「あの……これはいったい……」

「今夜は舞踏会だろう？　その準備だ」

「えっ、舞踏会？」

いったい何の話だと怪訝に思っていると、「やっぱり覚えていなかったか」とクリスが苦笑する。

「ルークから、舞踏会に誘われているという話があっただろう」

それに、自分から出ると言ったらしいと説明され、アビゲイルは青ざめる。

「そんな記憶、全然ない……！」

「そうだと思ったが、俺が知ったときには出席の返事を出した後でな……」

また舞踏会の主催者は王女様だから断れなかったのだと言われ、アビゲイルは思わずその場にしゃがみ込む。

「そんな……社交の場なんて、ここ数年ご無沙汰なのよ……。何かしくじってしまうかもしれないわ」

「安心しろ、そうならないように俺がエスコートする」

その準備はバッチリだと言いたげに、クリスはしゃがみ込むアビゲイルの手を取り、優しく立たせた。

「それに今回は、アビゲイルのような作家や芸術家ばかりが呼ばれているらしいから、それほど緊張せずに済むと思うぞ」

舞踏会の主催者である第三王女のレイデは芸術への関心が高く、時折作家や芸術家などを城に呼んでは、舞踏会や食事会を開いているのだという。

クリスの説明にほんの少しだけ安心したが、それでも緊張で胃がシクシクと痛むのは止められない。

その上クリスは、見るからに高そうなドレスをアビゲイルに差し出してくる。

「さあ準備しよう。アビーに似合いそうなドレスやアクセサリーを揃えたから、気に入ったものを身につけるといい」

「こ、こんなに沢山、高かったのではない……？」

「たいしたことはない。前も言ったが、アビーを甘やかすためにずっと金は貯めてきたんだ。心配するな」

輝く笑顔を見る限り、彼の言葉に嘘はないのだろう。だがそれでも、決して安い買いものではないとわかるから心苦しさは拭えない。

「でも私のために使いすぎよ」

どうせならもっと自分のために使えばいいのにと、アビゲイルはついこぼしてしまう。するとそこで、クリスはなぜだか少し得意げに胸を張った。

「もちろん自分のためにだって使っている。アビーの新刊は、自分用と保存用と布教用と寝るときに抱きしめる用に四冊も買っているしな。それから、マリアベルコレクションにも費やしている」

なんだそれはと怪訝に思っていると、周りのメイドたちが何やら気まずそうな顔をする。年老いたメイドからは「クリス様、バート様からそのことは奥様に秘密にするよう言われているでしょう」とまで言われている。

「その、マリアベルコレクションって……何なの？」

不安を感じながらも、どうしても気になって尋ねてみる。

「俺の自慢のコレクションだ。だがなぜか、それを見た者たちは皆、このコレクションだけは人に自慢するなと言うのだ」

自慢なのに自慢ができないのは納得いかないと、クリスは不満げだった。そしてその顔を見ていると、アビゲイルは妙に不安になる。もしかしたら聞かない方がよかったのではとさえ思うが、質問されたのを良いことにクリスは嬉々とした様子で、アビゲイルの手を引いた。

「だが、せっかくなので見てくれ！」

クリスがアビゲイルを連れてきたのは、部屋の隅に置かれたワードローブだ。

中にはクリスの私物が入っているので開けないようにと、この屋敷に来たときにメイドたちからやけに念押しをされたものである。

その中を初めて覗き込み、アビゲイルは目を見開いた。

（こ、ここにもドレスがいっぱい……）

アビゲイルのためにと用意してくれたものよりは少し安っぽいが、中には女物のドレスや靴が詰め込まれていた。

「これは、クリスの……なの？」

まさか、女性のドレスを集める趣味でもあるのだろうかと混乱する。

「いや、マリアベルのだ」

「……え？」

いったい何を言っているのか一瞬理解できず、アビゲイルは改めてワードローブに目を向ける。

(待って……。ここにあるドレス、なぜだか記憶がある……)

そこで、アビゲイルははっと気がついた。

「これ、マリアベルが作中で着ていた服に、似ていない……？」

「さすがアビー！　よくわかったな！」

褒められてもちっとも嬉しくないが、クリスの方はアビゲイルの言葉に飛び上がりそうなほど喜んでいる。

「こっちのエメラルドグリーンのドレスは、マリアベルが相棒と出会ったときのもので、こっちのブルーのものは三巻で海賊と戦ったときに着ていたものだ！」

嬉々として語り出すクリスの様子に、メイドたちが見ていられないといった顔でうつむき出す。確かにこの趣味は、傍《はた》から見るとちょっと気持ち悪いかもしれない。

「つまり、マリアベルが着ていた服と似たものを集めているの？」

「いや、友人の仕立屋に作らせた。本に書かれたマリアベルの描写を見せて、このドレスが欲しいと頼んだんだ」

名案だろうとクリスは胸を張るが、アビゲイルはなんと言葉を返せばよいかわからない。

マリアベルに対する苛烈な愛情は知っていたつもりだけれど、まさかここまでと思っていなかったのが、正直なところである。

「あと、マリアベルちゃんが使っていたティーカップやハンカチもあるぞ！」

「……そっちは既製品よね？」

「ああ。描写から、どのブランドのものかを推理し、購入した」

（すごい……。マリアベルに対するこの執念、すごいわ……）

呆れてしまう気持ちはあるけれど、心の底から幸せそうにティーカップやドレスを自慢してくるクリスを見ていると『さすがだ』と少々感心してしまう。

もちろん、彼が誰よりもマリアベルを愛しているという事実を痛感して胸が苦しいが、一方でここまでの苛烈な愛情を抱く相手が、自分が創造した少女であることにほっとしていた。

（実在する誰かに入れ込む姿を見るよりは、ずっといいわよね）

バートたち家族から見たらこの趣味は悩みの種になるかもしれないが、形ばかりの妻であるアビゲイルからしたら、これほど安心できることはない。

「……すまん、気がついたら俺はまたマリアベルのことばかり」

「別にいつものことでしょう」

だから気にすることはないと、アビゲイルはクリスに微笑んだ。

＊＊＊

クリスのコレクション自慢を聞きながら身支度を調えたアビゲイルは、クリスとルークと共にバレット家の所有する馬車へと乗り込んだ。

馬車を使うよりも馬に跨がるのを好む男たちばかりの家なので、普段はあまり活用されていないようだが、車輪はもちろん中の装飾も作りも立派で、アビゲイルは少し萎縮してしまう。

（その上、一緒に乗ってるのがこの二人だと、余計に緊張してしまうわ……）

普段とは違い、クリスは騎士団の礼服を、ルークは仕立ての良い燕尾服を身に纏っている。また前髪をあげているので、凛々しい顔もいつも以上によく見える。

そのせいか二人の精悍さに磨きがかかっていて、側にいる自分がひどく貧相に思えるのだ。

クリスが選んでくれたワインレッドのドレスは鮮やかで仕立ても良いが、纏っているのが自分である以上その魅力は半減してしまっているだろうなと、アビゲイルは思ってしまうのである。

「どうした、馬車に酔ったか？」

浮かない気持ちが顔に出ていたのか、クリスがアビゲイルの顔を覗き込む。

見慣れた顔のはずなのに、なぜだか今は、ひどく落ち着かない気持ちになる。

（そういえば私、礼服を着たクリスをこんなに近くで見るの、初めてかも……）

国の式典や催事《さいじ》のときはよく着ているが、そういうときはたいてい、彼はアビゲイルには決して手の届かない場所にいる。

彼は騎士としての仕事ぶりを買われ、外国の要人や王族の警護に当たることも多く、アビゲイルのような没落貴族には近づけない高貴な人々の側にいたのだ。

それを遠くから眺めることはあっても、自分から近づこうと思ったことなどなかった。

礼服を着て仕事をしているクリスは普段の彼とは別人のように見えてしまい、なんだか近づきがたかったのだ。

だから間近で見る礼服姿がこんなにも格好いいと思わず、無駄にドキドキしてしまうのである。

「大丈夫。ただ、舞踏会は久々だから緊張してしまって……」

彼女はつい、クリスから視線をそらし、彼から少しだけ距離を取る。

そうしないと心臓が持たないし、舞踏会の会場に着く前に倒れてしまう気がしたのだ。

クリスの方はそんなアビゲイルのよそよそしさを不自然に思ったらしく、さらに距離を詰めてくる。

その上男前な顔をこれでもかと近づけてくるので、アビゲイルは側に置かれていたクッションを二人の身体の間に差し込み、無理やり壁を作った。

「そ、そういえば、第三王女様ってどんな方なんですか……？」

アビゲイルの行動に不服そうなクリスと距離を置くため、アビゲイルはルークに質問をする。

「レイデ様は、私が以前護衛を務めていた方だ。小説がお好きで、とてもかわいらしい」

ルークにしては珍しく、穏やかな表情と共に女性を賛辞する言葉が飛び出した。彼が女性に対して「かわいい」と言う場面にこれまで遭遇したことがないので、アビゲイルは少し驚いた。

「そういえば私、王女様のお顔を拝見したことがないかもしれません」

「ずっとお身体が弱くて、公務をなさるようになったのは最近のことだからな」

長い時間外に出ることもできず、それを心配した過保護な両親のもとで育った彼女は、最近までほとんど誰とも会わずに育ったらしい。

そんな身の上であるから、王女は人より本や音楽と接する時間が多く、それらに対する造詣が深い。

だから今回、作家であるアビゲイルも呼ばれたのだとルークは説明してくれる。

「私のことを知っているなんて、作家や本に相当詳しい方なのですね」

「いや、本好きならアビーのことを知っていて当然だろう」

そこで突然口を挟んだのはクリスで、彼は何を言っているんだという顔でアビゲイルを見つめる。

「でも私、今回はたまたま当たったけど、そもそもそれほど売れている作家でもないし」

「十分売れているじゃないか！　それにアビーの小説は素晴らしいし、知らない人がいるわけがない！」

そこでまたいつものようにいかにアビゲイルの小説が優れているかを喋り出すクリスに、アビゲイルは呆れると同時に少しだけ安心する。

（褒められるのは恥ずかしいけど、いつもどおりのクリスだわ）

見てくれは男前だけれど、振る舞いはいつもどおり残念だ。そのことにほっとしながら、アビゲイルはクリスの熱弁に苦笑を向けた。


クリスの賛辞がアビゲイルの小説からマリアベルのかわいさへと移り始めた頃、馬車は無事オレアンズの王城へと到着した。

城を訪れるのは初めてではないけれど、長らく社交の場から離れていたアビゲイルは、美しく着飾った人々で溢れるダンスホールを見て、あまりの目映《まばゆ》さに逃げ出したくなる。

オレアンズの王城は街の中心に建てられていて、ガラスや金細工をふんだんに用いた装飾や内装故に、水晶宮とも呼ばれている。

特にダンスホールは贅《ぜい》をこらした作りになっており、その中で美しく着飾った男女が談笑している様はまるで絵画のようだ。

現実感がなさすぎて、正直アビゲイルは自分が呼ばれたことが未だに信じられない。

「どうしよう、もう帰りたくなってきた……」

うっかりそんなことをこぼすと、クリスがそっと彼女の腰に手を回す。

「そう言うな、きっと素敵な出会いもある」

「あり得ないわ。だって私、人を不快にしかさせないもの」

「俺はいつも幸せにしてもらっている。そしてきっと、そういう人が他にもいるはずだ」

いつになく強い言葉に、アビゲイルはそれ以上何も言えなくなる。

同時に、こんなに華やかな場所にも臆さないクリスの姿を、なんだか少し遠く感じた。

「クリスは、こういう場所を苦手に感じたことはないの？」

「あまりないな。仕事で参加することも多いし、苦手や得意とか言うより何も感じない」

「うらやましいわ」

「全ては慣れの問題だ。多少煩わしいこともあるが……、そういうとき、俺はマリアベルちゃんのことを考えてやり過ごしている」

「そ、それで大丈夫なの？　警護で参加することも多いでしょう？」

「怪しい奴がいれば身体が勝手に反応するから、問題ない」

実際、マリアベルのことを考えながら暗殺者を倒したこともあると言われ、アビゲイルは改めて彼の能力に舌を巻いた。

「クリスって、騎士としてすごく優秀よね」

「自分で言うのもなんだが、優秀だ。だからアビーの小説に騎士を出したくなったら、思う存分モデルにしてくれ」

「それは、いいかな……」

というより、既にいるので無理だと言いかけて、アビゲイルは慌てて口を噤む。

「つれないな。俺なら、マリアベルちゃんの相手にぴったりだと思うんだが」

「でも、クリスはその……」

「もしかして、何か足りないのか？　至らない部分があるなら改め、マリアベルちゃんにふさわしいよう直すから是非教えてくれ！」

いきなり詰め寄られ、アビゲイルは返事に困る。

だが丁度よく、本日の主催者である第三王女レイデが現れたらしく、ホール内に歓声と拍手が湧き起こり、クリスの勢いを止めてくれた。

それにほっとしながら、アビゲイルは遠くに見えるレイデの方へと視線を向ける。

「……あ、あれがレイデ様……なの？」

「そうだ。まだ十八歳とお若いが、読書好きで優しい方だからきっとアビーも好きになるぞ」

クリスの言葉に、アビゲイルの胸がざわめく。

なぜならレイデは、金の髪と愛らしい顔立ちを持つ、美しい少女だったからだ。

この場に集った人々に謝辞を述べる姿は凜としていて、アビゲイルはその様子にはっと息をのむ。

（レイデ様……マリアベルにすごく似てるわ……）

アビゲイルの想像していたマリアベルの姿に、レイデはあまりによく似ていた。

考え過ぎだと思いたかったけれど、彼女の姿が近づいてくるにつれて、その思いはより強くなる。

人々と言葉を交わすときの表情や仕草さえも、アビゲイルが頭の中で思い描いてきたマリアベルそっくりだったのだ。

「アビー、よかったらレイデ様と少し話してみないか」

呆然とするアビゲイルに、声をかけたのはクリスだった。

「彼女は、お前の小説の大ファンなんだ」

驚くと同時に、なぜクリスがそんなことを知っているのかと疑問に思う。

だがその理由は、次の瞬間にわかった。

「クリス、ルーク！」

弾んだ声に笑顔を携え、二人の名前を呼んだのはレイデだった。

彼女の表情にも、そしてレイデに会釈をする二人の表情にも緊張の色はなく、日頃から親交があるのだとわかる。

ルークは彼女の護衛騎士を務めていたし、同じく騎士であり弟であるクリスと面識があるのも当然と言えば当然だ。

その上クリスは王族の警護をすることもあるし、王女と顔を合わせる機会が多々あったことは想像に難くない。

にもかかわらず、アビゲイルはクリスとレイデに面識があったことに衝撃を受けていた。

こんなにもマリアベルに似た王女と、いったいいつから知り合いだったのかと、そんなことばかり考えてしまう。

「あの、もしかして、アビゲイル＝ランバート先生ですか？」

一方、レイデもまたアビゲイルと同じかそれ以上に、驚いた顔をしていた。

そのまましばし二人で見つめ合っていると、そこでルークが小さく咳払いをする。

「殿下、アビーとお話ししたいことがあったのでは？」

「そ、そう……でした……！」

そこではっと我に返ったものの、レイデは何やら困った顔で唸っている。

言っていいものか悩んでいるのか「どうしよう」と呟きながら戸惑うレイデ。そんな彼女に助け船を出したのは、クリスだった。

「さっきも言ったが、レイデ様はアビーの小説の大ファンなんだ」

だからずっとお前と話したがっていたのだと説明するクリスの言葉に合わせ、レイデはこくこくと頷く。

「だがまあ、この様子だと感動のあまり言葉が出てこないみたいだが」

「あ、当たり前です……。だって、大好きな小説の作家さんが目の前に……！」

「それなら、その大好きな小説への愛を語ればいい。作品への愛を叫ぶことが、読者の役目だぞ」

「あなたみたいに、饒舌《じょうぜつ》にはなかなか語れないわ」

そう言って、レイデは真っ赤になった顔を手で覆う。そんな彼女に力を抜けと笑うクリスの声に、アビゲイルは未だかつてないほどの焦燥感を抱いていた。

「……レイデ様の前でも、小説のことを話しているの？」

驚くほど硬く強張った声が出て、アビゲイルははっとする。

怒っているようにも聞こえる声に、アビゲイルはなんて失礼な言い方をしてしまったのかと慌てるが、どうやらレイデは緊張のせいで気づいていないらしい。

小説の話題になると周りが見えなくなるクリスも、アビゲイルの変化に気づいていないようだ。

「ルークが護衛をしていた頃から、レイデ様とは度々会っていてな。レイデ様にアビーの小説を薦めたのは俺なんだ」

「そうなんです、私……アビゲイル先生の大ファンなんです……！」

そう言って目を輝かせるレイデが、冒険に繰り出すマリアベルの姿と驚くほど重なった。

「特にマリアベルのお話が好きなんです。私はずっと身体が弱かったから、マリアベルになりたい、彼女みたいに冒険したいってずっと思ってたんです！　容姿も少し似ているから、その姿に、何度となく自分を重ねたりもしていて……」

レイデの言葉は何もかもが予想外で、アビゲイルはただただ驚くことしかできない。

普段の彼女なら、そしてレイデの容姿がマリアベルと似ていなかったら、素直に喜びお礼を言えたのだろうけれど、今はそれすら満足にできなかった。

ただ一言「ありがとうございます」とだけ告げたところで、レイデのおつきが「そろそろ次に」と王女をせかす。

これだけ大きな舞踏会だから、一人一人に時間を割いている余裕がないのだろう。

「あ、あの、最後に一つだけ……！」

だがそこでレイデがとっさにアビゲイルの手を掴み、真剣な顔で彼女を見つめた。

「あの、ファンとして一つだけ、質問をしてもよろしいですか……！」

「は、はい……」

レイデの勢いに気圧され頷くと、彼女はマリアベルに似たサファイア色の瞳でじっとアビゲイルを見据える。

「小説を書くとき、誰かをモデルにされたりはしますか？」

意外な質問だったが、アビゲイルは戸惑いながらも頷く。

「ええ、そうすることもあります……」

「では先生の好きな人をモデルに、その、主人公の恋人役を書いたり……しますか？」

まっすぐな視線と声に、アビゲイルは思わず言葉に詰まる。

厳密には、そんなことはしたことがなかった。だがレイデの言葉を聞いていると、マリアベルの相棒のモデルがクリスであることに、彼女は気づいている気がした。

そしてそのことについて何か重大な意味を感じているのではと思った瞬間、アビゲイルは息をのんだ。

（もしかしたら、彼女はマリアベルと相棒のジャックに、自分とクリスのことを重ねているのかもしれない）

マリアベルにとってジャックが唯一無二の存在であるように、彼女にとってはクリスがそうなのではと、そんな考えが頭を過ってしまう。

「へ、変なことを聞いてごめんなさい。ただあの、つい、気になってしまって……」

アビゲイルが答えられずにいると、レイデは素早く話を切り上げその場を去ってしまう。

彼女が遠ざかったことでようやくアビゲイルは冷静になり、質問に答えるべきだったと気づいたがもう遅い。

レイデは既に他の人と話を始めているし、今更追いかけて声をかけることもできない。

（さすがに失礼だったわよね……）

そんなことを思ったのはアビゲイルだけではなかったようで、黙り込むアビゲイルにクリスが怪訝そうな表情を向けた。

「レイデ様はずっとアビーに会いたがっていたんだ。せめて質問にくらい答えてやってもよかったんじゃないか？」

責めるような言葉に、アビゲイルの胸が抉られたように痛む。

自分が失礼な態度を取っていたのは事実だし、同じファンとしてクリスがレイデを擁護する気持ちもわかる。

でも頭では理解していても、クリスがマリアベルに似たレイデの味方をしたことが、泣きそうになるほど苦しくて辛い。

「……アビー？」

顔をしかめたアビゲイルに、クリスがわずかに目を見張る。

（駄目だ、強張ったままの顔じゃ……また誰かに何か言われる……）

アビゲイルの顔は、常に無愛想で怒っているような顔なのだ。その上泣き顔など浮かべたら、絶対にまずい。

特に今は、王女に失礼なことをしてしまった後だし、あらぬ誤解を生んでしまうかもしれない。

「……ごめんなさい、ちょっとだけ一人にして」

とにかく今はこの顔を隠さなければならない。クリスとも距離を置きたくて、アビゲイルはその場から早足で立ち去る。

そのまま、アビゲイルは涙がこぼれる前に人気のない中庭まで移動した。

一人になると余計に惨めな気持ちになったが、今は誰にも縋れない。

だからアビゲイルは誰にも見られないよう手で顔を覆い、涙をこぼした。

涙が出始めると気持ちはさらに不安定になり、アビゲイルは呼吸さえままならなくなる。

「アビー……」

そんなとき、誰かが彼女の名前を優しく呼んだ。

その声はあまりに優しくて、自分に縋れと言わんばかりの慈愛に満ちていた。

アビゲイルは嗚咽を堪え、自分に声をかけた相手に思わず縋りついていた。

＊＊＊

「……ごめんなさい、ちょっとだけ一人にして」

アビゲイルの言葉に、いつもならすぐに動き出す足が、そのときはなぜだか動かなかった。

「おい、どうした?」

ルークに強く肩を揺すられ、クリスはようやくはっと我に返る。

その頃には既にアビゲイルの姿は人混みの向こうに消えていた。

気持ちは焦っているのに、なぜだか身体は頑なにその場から動こうとしない。

(いったい、何がいけなかったんだ……)

泣きそうな顔で自分に背を向けたアビゲイルの表情が脳裏に焼き付き、クリスはひどく混乱していた。

彼女のファンであるレイデを会わせれば、アビゲイルは喜んでくれるだろうと思っていたのに、彼女の反応はむしろ真逆だ。

(あんなに辛そうなアビーを見たのは、初めてだ……)

最初は、緊張で戸惑っているのだろうと思っていた。

だがそれをほぐそうと、いつもの調子でクリスが会話に口を挟んだ瞬間、彼女は緊張とは別の頑なさを見せた。

アビゲイルはいつも、クリスが小説の感想を話せば嬉しそうに聞いてくれる。彼が熱くなりすぎると少し困ったような顔をするけれど、困惑の中にも幸せそうな笑顔があった。

けれど今日のアビゲイルには、それがなかった。

レイデもまたクリスと同じくらい熱い言葉をかけていたはずなのに、困り顔の奥にあったのは、どこか悲しそうな眼差しだけだった。

その理由はわからなかったが、アビゲイルを喜ばせようとしたクリスの思惑が失敗したことはわかった。今度こそはと思っていただけにひどく落ち込んで、今もまだ混乱は続いている。

それでも何とか気持ちを立て直し、我に返ると、気がつけばルークの姿も消えていた。

その場から動けずにいるクリスに業《ごう》を煮やし、アビゲイルを追いかけてくれたのだろう。

(それは、俺の役目だ……)

それだけは譲れないという焦りが芽生えて、慌ててアビゲイルを追いかけた。

不作法だと咎められない範囲で歩みを速め、彼はアビゲイルが消えた中庭へと向かう。

中庭には人気《ひとけ》がなく、クリスはさらに速度を上げた。だが小走りになりかけたところで、その足がぎこちなく止まる。

「……ごめんなさい、私」

自分の荒い呼吸の合間に聞こえてきたのは、ひどく辛そうなアビゲイルの声だった。

「泣くな。私でよければ、胸くらい貸す」

アビゲイルの震える身体を受け止めているのは、ルークだった。

宥めるように彼女の小さな背中を撫でる兄の手を見て、クリスはレイデが先ほどアビゲイルに投げかけていた質問を思い出した。

『では先生の好きな人をモデルに、その、主人公の恋人役を書いたり……しますか？』

今思うと、アビゲイルの様子が極端におかしくなったのは、あの質問がきっかけだった。

アビゲイルはあがり症で、初対面の相手だとうまく喋れないところがある。

だが質問に答えられないほどではないし、小説に関しての問いかけには、いつも丁寧に答えていた。

でもあの質問のとき、彼女は明らかに言葉に困っていた。答えはそこにあるのに、それを口にするのを躊躇っているようにも見えた。

(俺のことはモデルにしないって、今までは何度も断言していたのに)

だからそれを素直に言えばいいのにと思っていたけれど、そもそもその考えが見当違いだったのだと、身を寄せ合うアビゲイルたちの姿を見て思う。

（アビーの好きな相手が俺だと、どうして思っていたんだ？　俺は好きな相手じゃないから、モデルになれなかったと、なぜそう思わなかったんだ……）

マリアベルの恋人役にしてくれと言うたび、頑なに拒まれていたのはアビゲイルが彼を恋人にしたいと思えなかったからに違いない。

（ではルークは……？）

アビゲイルが書いた恋愛小説に出てきたのは、明らかに彼をモデルにした騎士だった。

その意味を理解した瞬間、クリスの身体は勝手に動き出していた。

「……そこをどけ」

自分でも驚くほど冷たい声を発しながら、クリスはアビゲイルとルークの間に身体を割り込ませる。

「俺のアビーに触れるな」

クリスが現れたことにアビゲイルは明らかに怯えていた。彼女は助けを求めるように、ルークに視線を向ける。

たったそれだけのことが、今はひどく腹立たしかった。自分が側にいるのに、なぜ自分ではなくルークに縋ろうとするのか。

その目を自分に向けさせたくて、クリスはアビゲイルの腕を強く摑んだ。

「ク、クリス……？」

望みどおりアビゲイルはクリスを見上げたが、その瞳は困惑に揺れている。目に涙をたたえた扇情的にも見えるその顔をルークに見せたのかと思うと我慢できなくなり、彼はアビゲイルの腕を掴んだまま歩き出す。

「落ち着けクリス」

ルークが慌てて呼び止めようとしたが、クリスは近づいてきた彼の身体を勢いよく突き飛ばした。

子どもの頃であればびくともしなかっただろうが、今のルークは無様に倒れ、噴水の角に膝をぶつけて唸り声をあげる。

「クリス、ひどいわ、ルークお義兄様は私を慰めてくれていただけなのに……！」

それが本当なら確かに自分はひどい。そう思いつつも、今のクリスにはそれを認められない。それどころか彼女の言葉に、彼はさらに苛立っていた。

慰めるのは自分の役目なのに、そして何より、彼女の夫は自分なのに、なぜ別の男の名を呼ぶのか。

――そうだ、アビーが好きな男がたとえルークだったとしても、結婚したのは俺だ。だからこの俺以外に縋るなんて許せない。

「待って、どこに行くの……？」

怯えた声が聞こえたが、クリスは答えなかった。

自分でも、自分がどこに行こうとしているのかわからない。

だが歩みも、混乱も、怒りも、今は何一つ止められない。止めねばならないという気持ちさえ、いつしか消え去っていた。

「……本当は、ルークが好きだったのか？」

歩きながら、クリスは冷ややかな声で尋ねた。

「な、何を言い出すの？」

「さっき、抱き合っていただろう」

「……彼は、私が泣き出してしまったから、背中を撫でてくれていただけよ」

必死な声でアビゲイルが答える。しかしその言葉が、今は何一つ本当のことに感じられない。

「だがあいつのことを考えて、小説を書いていたのだろう……？」

ルークをモデルにした登場人物は、クリスでさえ唸るほどいい男だった。そしてそれはきっと、アビゲイルがルークのことをそういうふうに見ているということだ。

「俺ではなくあいつが恋人だったらと、ずっと考えていたんだろう」

「そ、そんなことないわ……！　ただ、ルークお義兄様は……」

「今、あいつの名を呼ぶな！」

彼女の唇から兄の名前がこぼれた瞬間、クリスの頭にカッと血が上る。

腕を摑む手に力を込めると、アビゲイルが小さく悲鳴を上げる。

悲鳴からは恐怖が感じられて、クリスは思わず歯を食いしばった。

そんな声を聞きたかったわけじゃない。怖がらせたかったわけじゃない。

そう思う一方で、クリスを激しい不安が襲う。

(俺は気づかなかったが、もしかしたらアビゲイルはずっと前からルークが好きだったのかもしれない。俺にこうして触れられることが、嫌だったのかもしれない)

そう思うのに、嫌がるアビゲイルの腕をクリスは放せず、足は勝手に中庭の一角に作られたバラ園へと向いていた。

そこは迷路のように入り組んでいて、よく城勤めの者たちが逢い引きに使っていると昔ルークが話していた。

迷路のように入り組んだ道を奥へと進み、クリスは行き止まりの角で、彼女を抱き寄せ荒々しく口づけをする。

アビゲイルは自分のものだと、彼女もそれを望んでいるのだと確認したかった。

「や、だめ……」

なのに彼女は抵抗するばかりで、キスをいつものように受け入れてくれない。

「だめ……こんな……ところで……」

口づけの合間に、アビゲイルは訴える。その震えた声と拒絶に、クリスは動揺し、苛立っていた。

「お前は俺の妻なのに、なぜ拒むんだ」

「だって……」

「あいつなら……ルークなら、いいのか？」

縋りつくように、クリスはアビゲイルをさらに強く抱き寄せる。

「俺と違って、マリアベルの恋人にぴったりだとも思っていたんだろう」

「なぜ、マリアベルが出てくるの……？」

「あいつのことは、小説にしただろう？」

そしてそれは、彼が特別だったからだろう。

そう思わずにいられないほど、ルークをモデルにした登場人物は魅力的に描かれていた。

「なぜ俺では駄目だったんだ……」

情けない言葉をこぼすことしかできない自分を、彼女が選ばないのは当然だと、わずかに残った理性が告げる。でもそれを、クリスは認められない。

「クリス……」

そんなとき、戸惑うようにアビゲイルが彼の背中をそっと撫でた。

こんなときでも、アビゲイルに触れられるのは嬉しくて、彼女の手に少しだけ苛立ちは収まる。だが一方で、もしもこの優しい腕を他の誰かに取られたらという別の不安が頭をもたげた。

（たとえアビーが俺以外を愛していたとしても、俺はもう離れられない……）

そして彼女を自由にしてやることも、できそうにない。

「離れることなど、許さない……。お前はもう、俺なしではいられないんだ」

そして自分もきっと、アビゲイルなしではいられない。

なぜこんなにも彼女に執着してしまうのかと不安になるほど、クリスは彼女を求め、手放せなくなっていた。

「お前はずっと俺のものだ。俺の手の中で守られ、この先も小説だけ書いていればいい」

抱き合ったままその場にゆっくりと腰を下ろし、クリスは彼女に再び荒々しいキスをする。

（俺に溺れて、俺のことだけを考えればいい）

アビゲイルはまだ戸惑っているようだが、それでも先ほどとは違い少しずつ彼を受け入れ始める。

そうするのは、情けなく縋りつく自分への同情かもしれない。だがそれなら、同情を利用して縛り付けてしまえば良い。

そしてクリスは理性をかなぐり捨て、アビゲイルの喉元に唇を寄せた。

＊＊＊

「あっ……ン……んっ……んっ……」

ぼんやりかすんだ意識の向こうから、自分のものとは思えない、淫らな喘ぎ声が響いている。

声どころか、自分の身に起きている全てのことが、まるで他人事のように感じる。

（これ……私の声……なの……）

「俺を見ろ、アビー」

混乱と共にこぼれる涙の向こうで、クリスが獣のように鋭い視線をこちらに向けている。

長いキスを終えたばかりで、彼の唇はアビゲイルの唾液に濡れ光っている。頬を上気させ、熱情に支配されたその顔は、まるで別人のようだった。

ここは野外で、それも舞踏会を抜け出した身だというのに、彼はアビゲイルを攻め立て
彼女の身体はもはや抵抗すらできない。

なぜこんなことになったのか、クリスはどうして豹変してしまったのかと戸惑うけれど、
その答えを導き出す余裕はまったくない。

「あんっ……だめ……」

あまりに色々なことが同時に起きすぎて、アビゲイルの心と思考は限界を超えていた。

冷静になることができず、必死に状況を見極めようとするが、それよりも早く淫靡な快楽を植え付けられ、頭が回らなくなってしまう。

「拒むな……、お願いだ……」

それにこの声を聞くと、アビゲイルは拒むことができない。

鋭い視線を放ったかと思えば、クリスの目は時折こうして虚ろになる。

その目には、アビゲイルのことなど映っていない。代わりに深い悲しみと戸惑いが過り、それを彼女は無視することができなかった。

(彼は……何を悲しんでいるの……?)

それを知りたいけれど、なんと尋ねれば良いかわからない。それにクリスも、答えてくれる気がしない。

アビゲイルがルークと一緒にいたことが関係しているようだが、その手の話をしようとすると口をキスで塞がれ、頭が真っ白になるほどの愛撫を施されてしまうのだ。

それに、自分に縋りつくクリスは今にも壊れてしまいそうに見えて、声をかけることすら躊躇われる。

だから彼女は、彼の腕から逃れるのをやめた。

こんなところで抱かれたくはなかった。でもこの腕を払ったら、彼の何かが壊れてしまう気がした。

「ふあ……アアッ……！」

でもアビゲイルにわかるのはそれだけだ。

力で押さえ込まれ、彼はアビゲイルの身体中から強い快楽を引き出していくので、考えはまとまらず、頭が働かない。

野外で押し倒され、ドレスを引きちぎられ、美しいバラの袂《たもと》で乳房と太ももを露出させられている様ははしたないのに、声以外の抵抗が何もできない。

冷静な判断力があれば、クリスもアビゲイルもこんな場所で交じわろうなどと考えつかないはずだった。

(普段なら……こんなに激しく……しないのに……)

クリスの大きな手によって、ささやかな乳房を乱暴に揉まれながら、アビゲイルはぼんやりと考える。

「もう少し……ゆっくり……」

懇願するが、クリスが聞き届けてくれる様子はない。それどころかアビゲイルが言葉を発するたび、彼はアビゲイルの唇を乱暴に奪ってくる。

性急なキスは初めてではない。けれどこんなにも、一方的で冷たいキスは初めてだった。

乱暴に舌を入れられ、アビゲイルの抵抗をねじ伏せながら、クリスの舌が口内をまさぐり、歯列をなぞる。

彼の舌は、どこを責めれば彼女の官能を引き出せるのかを熟知しており、的確だった。アビゲイルが抵抗をやめるまで長く激しく口内を犯し、従順になるまで執拗に責め立てた。

「クリス……」

彼女がぐったりと力を失うと、ようやく口づけは終わる。

同時に、彼はアビゲイルの身体をひっくり返し、地面に押しつけるようにうつ伏せにした。

そのまま獣のように腰を持ち上げられ、アビゲイルは彼がしようとしていることをぼんやりと悟る。

（どうして、こんな……）

そう思いつつも、もはや抵抗する気力もなく、アビゲイルは濡れそぼった秘裂をクリスの前にはしたなく晒した。

逃げたかった。でも逃げることはできないし、そうしてはいけない気がして、アビゲイルは破れたドレスの切れ端をぎゅっと握りしめる。

既にぐちょぐちょに濡れたそこは、待ち受ける愉悦への期待でヒクつき、彼のものを誘っている。

アビゲイルの誘いに躊躇うことなく、クリスは熱杭の先端を彼女の入り口に押し当てた。

「どうして……」

心の中で繰り返していた言葉が、口の端からこぼれた。

しかし返事はなかった。振り返っても、彼の顔は影になっていて見えず、唯一わかるのはクリスにやめる意思が欠片もないということだけだった。

(初めてなのに……)

そして初めては、もっと大切に奪われると思っていた。

こんなふうに野外で、十分な前戯もなく、ただ獣のように交わるなんて思ってもいなかった。

「んぁ、ああ……あ……っ」

クリスの先端がアビゲイルの入り口を割った瞬間、あまりの圧迫感に呼吸が止まり、喘ぎ声も途切れ途切れになっていく。

日頃から丹念にほぐされ、広げられていたアビゲイルの膣は予想していたよりすんなりと、彼のものを受け入れた。

だがそれでも、彼のものはあまりに太くて、圧迫感は次第に痛みへと変わっていく。

無理だと口にしかけて、そこでアビゲイルはぎゅっと唇を噛んだ。

入らないと言えば、嫌だと泣けばさすがのクリスもやめてくれる気がした。

だが窺い見たクリスの顔は悲痛に歪んでおり、自分以上に痛々しさを感じた。

「……入れるぞ」

やめるのなら今だと、彼は告げているようだった。でもアビゲイルは、やめて欲しいと最後まで言えなかった。言えば、クリスの心が壊れてしまうような不安を感じたのだ。

「――――！」

彼は痛いほどの力でアビゲイルの腰を摑むと、根元まで一気に己のものをアビゲイルの中へと突き入れる。

何かが裂けるような衝撃と共に、破瓜の証がアビゲイルからこぼれ、その太ももを伝う。目に涙を浮かべながら痛みに耐えていると、クリスは乱暴な腰つきで、さらにぐっと奥を抉った。

再び痛みが走ったが、何度も抜き差しされているうちに、痛みはしびれへと変わっていく。

それどころか愉悦の波が少しずつ押し寄せ始め、痛みを堪えていたはずの口からは甘い声がこぼれ出す。

あっという間に快楽を覚える、淫らな自分が恥ずかしかった。それ以上に、自分の中にクリスがいることが、彼女は悲しかった。

（初めては、もっと……特別だと思っていたのに……）

中で彼を感じるとき、きっと彼女は幸せな気持ちになれるのだと思っていた。彼を感じて、心も近づいて、痛みと共に愛情を感じることができるのだと愚かにも信じていたのだ。

（でも……何も……感じない……）

痛みさえ鈍く、引き出された快楽と熱さえも、うまく認識できない。

「あっ……あぅ、あ……」

乱暴に腰を打ち付けられ、クリスのものがアビゲイルの内側を抉りながら出し入れされると、口からは熱い吐息がこぼれる。

溢れ出る声は他人のもののように聞こえ、中にクリスがいるのに、愛情は欠片も伝わってこない。

打擲《ちょうちゃく》音は次第に速くなり、併せてアビゲイルの声も大きくなっていく。

そしてクリスの吐息にも熱がこもり始める。

でも彼は、何も言ってくれなかった。アビゲイルを気遣う言葉はもちろん、咎める声も、焦がれる声もなく、彼がこぼすのは獣のような吐息だけだった。

だからアビゲイルもいつしか言葉をなくし、獣のように乱れ喘ぐ。

二人の呼吸は重なり始めたが、それは同時に終わりを意味していた。

「アビゲイル……っ」

何かを堪えるようにクリスがアビゲイルの名を呼んだ瞬間、彼のものが肥大し、熱い精が彼女の中へと注がれる。

「――ッ！」

注がれた熱と共に、クリスの先端がアビゲイルの一番奥を抉った瞬間、彼女の思考が焼け、その身体が獣のように震える。

同時にアビゲイルの心の中にある何かが音を立てて壊れてしまった気がした。

それはとても大切なもののように感じたが、その正体を摑む間もなく、アビゲイルの意識は深い闇へとのまれてしまった。

＊＊＊

深い眠りへと落ちたアビゲイルは、夢の中でまた過去を見ていた。

『もう、僕には何も残ってないんだ』

闇の底から聞こえるのは、幼いクリスのか細い声だ。

『優しかった母様はもういないし。父様も兄様も、僕みたいな弱い子はいらないって、きっと思ってる』

声の主を探そうと暗闇の中に目をこらすと、彼女の側には小さな少年の姿をした、クリスがぽつんと立っていた。

彼はこちらに背を向けているが、震えるその背中には覚えがある。出会った頃、まだか弱くて小さかったクリスの背中だ。

『僕は、誰にも必要とされていないんだ』

悲痛な声に、アビゲイルは言いようのない不安を覚え、思わず小さな身体に腕を回す。

『あなたは必要な人よ。だってあなたは……クリスは私の、たった一人の読者だもの』

いつの間にか、アビゲイルの身体も小さくなっていて、腕も声も震えている。

『これからは、私がずっと一緒にいるわ』

自分が、彼を必要としているのだと微笑めば、小さなクリスは涙を拭いながら振り返った。

その身体をアビゲイルはさらに強く抱きしめようとしたが、次の瞬間彼の身体は闇の中に吸い込まれるように、消えてしまった。

『ずっと側にいると約束したのに』

代わりに、子どものものではない低く強張った声がアビゲイルの耳朶を打つ。

同時に闇は消え去り、その向こうから、恐ろしい形相のクリスがじっとこちらを見つめている。

その冷たい相貌に悲鳴を上げ、アビゲイルはぎゅっと目を閉じた。


もう一度目を開けると、目の前にあったのはクリスの大きな背中だった。

辺りを見回すとそこは見慣れた寝室で、深い闇も、恐ろしい眼差しもどこにもない。

(私、いつの間にここに……)

心はざわついていたけれど、アビゲイルを取り巻く世界は、不思議なほどいつもどおりだった。

彼女は夜着を着て、クリスの香りのする毛布にくるまり、いつものようにベッドに横になっている。

(さっきのは夢……だったのよね……)

ひどく悲しい気持ちになった夢は、アビゲイルの心にざらりとした不安を残している。

でも夢ならよかったとひとまず安堵しつつ、まだ少し落ち着かない気持ちを静めようと、隣に寝るクリスの背中にそっと身を寄せようとした。

「……っ！」

だがそのとき、腰の奥がずきりと痛み、アビゲイルは思わず息をのんだ。

腰の奥だけでなく、膝や腕などもひどく痛んで、顔をしかめる。

なぜこんなにも身体が痛いのかと思った瞬間、庭園での出来事が蘇った。

(そうだ、私はクリスと…)

全てを思い出すと、身を寄せたいと思った広い背中が急に冷たい壁のように感じられ、クリスからわずかに距離を取る。

(どうして……)

抱かれながら幾度となく溢れた疑問が、そこで再び蘇る。

あのときはレイデからかけられた言葉にひどく混乱していたし、クリスの突然の行動に驚くばかりで、状況を理解することができなかった。

ただ彼からただならぬ気配と、深い悲しみが伝わってきて、拒絶をすることができなかったのだ。

激しい快楽に翻弄された後のことは、何も覚えていない。

たぶんクリスが連れ帰ってくれたのだろうが、どうやってこの屋敷に帰ってきたのかもまったく思い出せないというありさまだった。

あの格好で戻れたはずもないし、たぶん人目を忍んで馬車に乗せられたのだろうが、会の途中で挨拶もなしに帰るのは、きっと褒められたことではないはずだ。

それはクリスだって十分わかっていたはずなのに、あんなことをしてしまうほど、彼は混乱していたのだろう。

だがそのはっきりとした理由が、アビゲイルにはわからない。

むしろあのとき、最初に混乱していたのは自分の方だった。

マリアベルそっくりなレイデと楽しげに喋るクリスを見て、嫉妬でおかしくなっていたように思う。

なぜならレイデは、まさしくクリスの理想だ。容姿も振る舞いもマリアベルにそっくりで、その上クリスと同じく本好きだ。

気も合うようだったし、アビゲイルと話しているとき以上に、クリスは楽しそうにも見えた。

（もし彼女がお姫様じゃなかったら、クリスは彼女を選んでいたのかしら……）

思わずそんなことを考えたところで、アビゲイルはクリスに無理やり押し倒されたときのことを思い出す。

『俺と違って、マリアベルの恋人にぴったりだとも思っていたんだろう？』

『なぜ俺では駄目だったんだ……』

脳裏に蘇る彼の言葉と表情はどこか苦しげで、辛そうだった。またルークを疎むような発言もしていたように思う。

その姿を思い出すと、彼もまた、マリアベルの姿にレイデを重ねていたのではと、アビゲイルは思った。

その上で彼はマリアベルの恋人になりたいと思い、その座をルークに取られたらと怯《おび》え、嫉妬と怒りからおかしくなってしまったのかもしれない。

(それにもしかしたら、クリスはレイデと似ているから、マリアベルを好きになったのかもしれない……)

考え過ぎだと思いたいが、確かマリアベルを書き始めた頃と、彼の兄がレイデの護衛になったのは同時期だった。その頃、クリスがレイデに出会っていてもおかしくない。

(そのとき、もし彼がレイデ様に恋をしていたら……?)

クリスは鈍く、ずれたところがある。だからレイデとマリアベルへの恋心を混同してしまったのではとアビゲイルは考えた。

だって存在しない相手に、あんなにも入れ込むなんておかしい。愛情だけならともかくクリスの感じている嫉妬や怒りは、存在しない相手に向けるにはあまりに大きすぎる。

考えれば考えるほど、クリスがレイデとマリアベルを同一視するのは自然なことのように思えた。

クリス自身がそれに気づいているかはわからないけれど、そうに違いないとアビゲイルは確信してしまう。

だからあんなにも混乱し、取り乱し、側にいたアビゲイルに縋ったのだろう。現実を見ていないような、ひどく虚ろな目をしていたし、もしかしたら彼は彼女を抱きながらマリアベルを——その先にいるレイデを想っていたのかもしれない。

（だとしたら、あのドレスも、靴も、宝石も、見るためじゃなくてレイデに着せたいと思ったものだったのかもしれない）

そう思った瞬間、アビゲイルはあの中のドレスを引き裂いてしまいたいと思った。

彼らしい趣味だと暢気に考えていた自分に腹立たしさも覚え、アビゲイルはクリスに背を向けシーツをぎゅっと握りしめる。

彼が自分を好きになることはあり得ないとわかっていた。けれど自分の小説を通して他人に恋をしているなんて思いもしなかった。

そして、それはアビゲイルにとって何より辛いことであった。

自分を好きでなくても、自分の書いた小説を好いてくれるならそれでいいと思っていたけれど、そうではないのだとしたら何のために自分はペンを握っていたのだろう。

（私には、小説しかないのに……）

だからずっと書き続けたのに。書いていれば、クリスの一番になれると思ったのに。

自分の中に隠されていた強くてみっともない執着心が顔を出し、彼女の心をどす黒く染めていく。

（小説を書いていないと、彼は私を見てくれないのに……。むしろ彼が振り向いてくれないなら、小説を書く意味なんてないのに……)

そんな思いにとらわれていると、不意にアビゲイルの頭が鈍い痛みを発し、違和感と不安が頭の奥にこびり付く。

それはひどく不快で、アビゲイルはそっと額を押さえた。

クリスにひどく腹を立て、みっともないことを考えた反動だろうかと思ったが、痛みは引かず増していくばかりだ。

あまりの痛みにものを考えることすら億劫《おっくう》だなと思い、こんなことでは本当に小説が書けなくなりそうだと考えた瞬間、頭の奥がしびれ、思考がさらに鈍くなったように感じた。

(……なんだか、おかしい気がする)

不安を覚え、アビゲイルはベッドを飛び降りると、原稿用紙とペンが置かれていた書き物机に駆け寄った。

そのままペンを握り、原稿用紙と向き合う。

書きかけの小説でも、マリアベルの短編でも、何でも良いから書かなければと思いペンを握ると、やはり頭の奥がしびれて何も浮かんでこない。

書かずとも、何か小説の欠片になるような妄想をしようと考えても、やはり何も浮かばなかった。

「アビゲイル……?」

異変を感じて起きてきたクリスが、背後から名前を呼んだ。

でもアビゲイルは振り返ることができなかった。振り返る価値すら、今の自分にはないと思ったのだ。

「すまない、俺はお前に……」

「それ以上、言わなくていいわ」

クリスの震える声を、アビゲイルは遮った。

(だってもう、全部終わりだもの)

一文字も書けぬまま、アビゲイルは持っていたペンを真っ白な原稿用紙の上に置く。

彼女の言葉から拒絶を感じ取ったのか、クリスが自分に背を向けるのがわかった。

そのまま彼が部屋を出て行く足音を聞きながら、アビゲイルは原稿用紙の上に大粒の涙をこぼす。

(もう、ここにはいられない)

自分はもう、二度と小説が書けない。

確かな予感と共に、アビゲイルはその場にしゃがみ込み、膝を抱えることしかできなかった。

第七章

遠くから、雷の音が近づいてくる。

それをぼんやり聞きながら、クリスは手にしていた木剣を握り直した。

大きく息を吐き、目の前に立つ部下に一撃を叩き込もうとしたところで、訓練の終了時刻を告げる鐘の音が鳴り響く。

「今日はここまでだな」

クリスの声に、目の前の部下は心底ほっとしたような顔をする。それを怪訝に思いつつ周りを見て、彼は目を見開いた。

「……俺は今日も、やりすぎたか？」

周囲には、身体のそこかしこを痛そうにさすりながら、部下たちが倒れている。

「だ、大丈夫……です」

その中の一人が震える声で告げてくるが、おそらく大丈夫ではなかったのだろう。

「すまない、加減を間違えた」

クリスの方は息一つ乱していないが、よく見れば握りしめた木剣の柄《つか》が少し拉《ひしゃ》げている。

どうりで手首がひどく痛むはずだと自分に呆れていると、部下の一人が腰をさすりながらクリスに近づいてきた。

「我々のことはかまいませんが、隊長はご自身の身体をもう少し気遣ってください」

「気遣う？　なぜだ？」

「その顔、何日寝ていらっしゃらないのですか？」

部下の指摘に頬をさすると、普段はない無精ひげが指に刺さった。

そのことにぎょっとして、同時に心は暗く沈む。

（もうすぐ、一週間か……）

クリスの前から突然アビゲイルが姿を消して、もうそれほどの時間が経ったのだ。

その間、クリスはずっと後悔に苛まれ、ろくに眠れていなかった。

（なぜ、俺はあんなことをしてしまったんだ……）

舞踏会でアビゲイルを強引に抱いた翌日、彼女は姿を消した。

目覚めた彼女に謝罪を拒まれ、少し頭を冷やそうと、クリスがその場を離れたわずかな間に、アビゲイルは屋敷から出て行ってしまったのである。

もちろん気づいてすぐに捜索したが見つからず、アビゲイルの実家や彼女がよく行く店にも彼女の姿は影も形もなかった。

あんな場所で、ろくに同意も取らず初めてを奪うなんて、自分はいったい彼女をどれだけ傷つけたのか。

（そのせいで彼女が自棄になって、危険なことでもしていたら……）

そう思うと心配でいても立ってもいられず、クリスは仕事が終わると街に出て彼女を探して歩いている。

屋敷に帰らず、出勤のギリギリまで捜索を続けていることも多いが、そのせいで訓練にも支障が出始めていたのだろう。

「迷惑をかけて、すまない……」

「い、いえ……！　ただその、こんなにも落ち込んだ隊長を見るのは初めてなので、我々は心配で……」

部下たちは、クリスによって散々ぶちのめされた後だというのに、こちらを気遣い心配してくれる。

それを無下にもできず、クリスはぎこちなく微笑んだ。

「皆がそう言うなら、少しだけ部屋で休んでくる」

ひげも剃らねばと笑って、クリスは木剣を部下に預けた。

執務室に戻ったものの、クリスはやはり休む気にはなれなかった。

体力の限界は感じているので椅子に座ってみたが、目を閉じるとアビゲイルの顔ばかりが浮かんでしまい、まったく眠れない。

少しでも心を落ち着けるために、クリスはアビゲイルが昔出版した童話を机から取り出す。

彼女が何度か読み聞かせてくれたその本は、興奮して眠れないときによく読んでいた。彼女の綴った文章は心地よくて、読み始めるとすぐに眠気が訪れ、わずかな睡眠でも疲れがとれるのだ。

だが本を手に取ってはみたが、中を開く気にはなれなかった。

表紙に触れるだけで、これを読み聞かせてくれたアビゲイルの姿が浮かび、胸の奥が締め付けられる。読んでくれと子どものようにせがむ自分を見て仕方なさそうに笑って、かわいらしい声で優しく読み聞かせをしてくれたときの喜びと、それを失ってしまった悲しみで頭の中がぐちゃぐちゃになる。

「アビーがいないと駄目なんだ……」

自分は彼女の書く物語が何よりも好きだった。

けれど、本当に好きなのは本を通じてアビゲイルと一緒にいられることだったのだ。

どんなに素晴らしい本でも、心地よい文章でも、そこにアビゲイルとの繋がりを感じられなくなった途端、味気ないものになってしまった。

それに気づいた瞬間、クリスは自分が何を求め、何に幸せを感じていたかにようやく気づく。

(俺が一番好きなのは、アビーの書く小説ではなく、アビー自身だったのか……)

なぜ今更それに気づくのかと、自分が嫌になる。

同時に、彼女にしでかしてしまったことへの後悔が一層重くクリスにのしかかる。

彼女が優しいことを、そして自分を拒まないことを利用して、情けなく縋りつくなんて、どうかしていた。

それどころかアビゲイルを自分のものだと確認するために、乱暴に抱いてしまうなんて最低だった。

しかもそのあと、ろくな弁解も懺悔もせずにいたのだ。

自分は怖かったのだ。戸惑いと混乱で我を忘れていたとはいえ、自分のしでかしたことは許されるものではない。そのくせ、彼女の口から拒絶の言葉を聞きたくなくて、声をかけることもできなかった。

(それもこれも、アビーを失いたくなかったから。彼女が好きだったからだ……)

けれど、彼女はクリスの前から姿を消してしまった。

彼女の方はきっと顔も見たくないと思っているだろうけれど、このまま二度と会えないなんて耐えられるわけがない。

小さなものでもいいから、彼女が生きてどこかにいるという痕跡を見つけたかった。

(今日はこれで仕事も終わりだから、少し休んだらまた街に出よう)

椅子から腰を上げかけたところで、突然執務室の扉が開き、見覚えのある顔が中へと入ってきた。

「何をしに来た」

思わず鋭くなったクリスの視線を苦笑と共に受け止め、近寄ってきたのはルークだった。

舞踏会以来、ルークとはほぼ会話をしていない。アビゲイルが出て行った後、彼も捜索に協力してくれているが、顔を合わせれば罵《ののし》ってしまいそうになるので避けていたのだ。

「悪いが用件があるなら早く言ってくれ。俺はじきに出かける」

「今日も屋敷に帰ってこないつもりか」

「そんな暇があったら、アビーを探す」

「お前は少し休んだ方が良い。彼女のことは私も父も探しているし、それ以上無理をしたら、いくらお前でも倒れるぞ」

「なら、倒れるまで探す」

クリスの言葉に、ルークは困ったようにため息をつく。

「お前は昔から、すぐ意地になるな。そして、私が何を言っても引こうとしない」

「わかってるんなら止めるな」

「止める気はない。ただ、誤解だけは解いておこうと思ってな」

「誤解？」

「アビーと私の間には何もない。そもそも、お前たち二人の間には、私が入り込む隙などなかっただろう」

「だが、その隙を狙っていたんじゃないのか？」

だからこそ、城で彼女を抱きしめていたに違いないと、クリスは今も疑っている。

「私はアビーを妹のようにしか思っていない。それに彼女も、私のことなど眼中にない」

「でもアビーは……」

ルークを好きだったのかもしれないと言いかけると、そこでルークは突然、持っていた本をクリスに差し出す。

何の脈絡もなくルークが差し出してきたのは、マリアベルの第三巻だった。

「何だ？」

「誤解を解くために持ってきた。これを読めば、アビーが誰を想っていたかがわかるだろう」

クリスはそんなわけがないと鼻で笑ったが、ルークは本を差し出した手を引っ込めようとしない。

その顔は真剣で、クリスも段々と無視できなくなる。

「この本はもう何度も読んだが、アビーの想いなど書いていなかったぞ」

「お前が持ってるのは初版本だけだろう？　最後のページを読んでみろ」

有無を言わさぬ声に、クリスは渋々本を受け取った。

それは、イルガルド語と呼ばれる、この国ではあまり需要のない言語で書かれたものだった。

「これはあとがきか……？」

本の最後には、初版本にはなかったページがひっそりと追加されていた。

『いつもはあとがきを書かないのですが、編集さんの強い希望もあり、今回は挑戦してみることにしました。(でもとても恥ずかしかったので、これが最初で最後のあとがきになるかもしれませんが)』

初めて見る文章に驚きながら、クリスはそれを目で追った。

そのまま読み進めていくと、驚きは後悔へと変わる。そこには今まで知らなかった彼女の想いが綴られていたのだ。

『時々、どうして作家になったのかと聞かれることがありますが、全てのきっかけは私にとって誰よりも大切な人が私の小説を必要としてくれたことです。

私は、いつも自分のためではなく、その人のために小説を書いています。

その人が、私の小説を読んで、幸せそうな笑顔を見せてくれることが私にとっては何よりの喜びです。私が作家になれたのはその人のおかげで、たぶんこれからもずっと、その人の笑顔を見るために、私は小説を書いていくのだと思います』

あとがきには、『誰よりも大切な人』に向けての謝辞が彼女らしい言い回しで長々と書かれていた。

そしてそれは、自分のことに違いなかった。

「アビーはずっと、お前だけを見ていたんだ。お前だけを見て、お前のためだけに小説を書いていた」

いつもは口数の少ないルークが、どこか必死な顔をクリスに向ける。

「彼女は私のことなど見ていない。そのことに、どうしてお前は気づかない」

ルークの問いかけに、クリスはただ黙って答えを考える。

彼女はただ、書くのが好きだから小説を書いているのだと思っていた。

クリスのために書いてくれる小説もあったが、しつこく頼まれて仕方なく書いているに違いないのだとも思っていた。

クリスは『俺のために小説を書いてくれ』と言い続けてきたが、アビゲイルはいつも少し困ったような顔をして「仕方ないわね」と笑うだけだったからだ。

だからずっと、心のどこかでは呆れられていると思っていたし、結婚するまではそれでもかまわないと思っていたのだ。

(だが、本当はそれだけでは足りなかった……)

呆れながらでも、渋々でも書いてくれるならいいと最初は思っていたけれど、彼女が作家になり、作品が多くの人の目に留まるようになればなるほど、本当は不安だった。

クリスはアビゲイルが必要だけれど、彼女の読者はもう自分一人ではないから。

「自分は、彼女の特別ではいられないと思っていた。だから結婚や約束で、彼女を縛りたかったのかもしれない……」

けれど本当はそんなことをする必要はなかったのだ。

自分の不安をちゃんと口にしていれば、きっと彼女はこのあとがきと同じことを言ってくれたはずだ。

そうすればクリスも、不安の奥にある自分の本当の気持ちにもっと早く気づけただろう。

「俺は、アビーを愛しているんだ。だが、それに気づかなかったばかりに、彼女を失った」

震える声でこぼすと、ルークがそっとクリスの肩を叩く。

「確かにお前は、少し鈍感すぎたかもしれない。自分が恋している相手を明らかに間違えていたしな」

「ルークは、俺がアビーを好きだと気づいていたのか？」

「当たり前だろう。そもそも、マリアベルはアビゲイルにそっくりだしな」

ルークの言葉にクリスがきょとんとしていると、どこか心配そうな目を向けられる。

「アビー自身も気づいていないようだが、マリアベルとアビーは本当によく似ているぞ。何気ない言い回しや仕草や、あと相棒のジャックに対する振る舞いはお前に対するものにそっくりだ」

「そう……なのか？」

「そもそも、相棒のジャックのモデルはお前だぞ」

「はぁ!?」

驚きのあまり目を見張ると、ルークはあきれ果てて声も出ないというように天を仰いだ。

「俺、ジャックに似てるか？」

「違う。ジャックがお前に似ているんだ。そしてジャックを好きとしか思えないのに、なかなか告白しないマリアベルはどう見てもアビーだ」

「待ってくれ、じゃあアビーは俺が好きなのか？」

「このあとがきを読めばわかるだろう」

信じられないという想いと、全てが腑に落ちるような感覚が同時にやってきて、クリスは椅子から転げ落ちそうになる。

　自分は確かに鈍いにも程がある。だが同時に、知っていたならもっと早く教えてくれればよかったのにと、ルークを恨めしく思う気持ちもわずかに芽生える。

　察しの良いルークは小さく肩をすくめてみせた。

「ちなみに、あのあとがきを今すぐお前に見せろと言ったのはレイデ様だ。彼女はお前たち二人にあらぬ誤解を生じさせてしまったかもしれないと、嘆いておられたからな」

「じゃあ、俺の想いに気づいたのもレイデ様か？」

「それは私も気づいていた。と言うか、お前とアビー以外は全員知っていた」

「……嘘、だと言ってくれ」

「そう言ってやりたいところだが、本当だ。だからこそ皆、お前の結婚に反対しなかったのだ。まさか、こんなにも色々拗れるとは思っていなかったがな」

　クリスたちはルークが思うよりずっと鈍感で、その上事態をややこしくしてしまったようだ。

「今更だが、少し釘を刺しておくべきだったと私も少し反省している。レイデ様と会わせると言い出したときも、嫌な予感はしていたんだ」

「ん？　なぜそこでレイデ様が出てくるんだ？」

「彼女はマリアベルに似すぎているから、アビゲイルが嫉妬するのではないかと思ったのだ」

「待て、レイデ様とマリアベルが似ている？」

「まさか、そこにも気づいてなかったのか……」

未だかつてないほど呆れた顔をするルークに、クリスは慌ててレイデの姿を思い描く。

「確かに髪と目の色は似ているが、マリアベルとは全然違うだろう。マリアベルはもっとかわいいし、可憐だし、似ているなんてマリアベルに失礼だ」

「お前の方が失礼だし、それを他で言ったら不敬罪になるぞ……」

目頭を押さえ、ルークが大きなため息をつく。

「たぶんお前は、無自覚にマリアベルとアビーを重ねて見ていたのだろう。だから容姿が似ているレイデ様を見ても、何も感じなかったんだ」

だがルークもアビゲイルも、レイデとマリアベルは似ていると思ったのだろう。

もしアビゲイルがクリスを好いてくれていたなら、彼とレイデが親しいのを見て快く思うはずがない。

「……アビゲイルが泣きそうだった理由が、今更わかった」

「反省したか？」

「そもそも反省はずっとしている。俺はすさまじいばかだな」

「その上阿呆だ」

「否定しない」

全部自分のせいだと心の底から思っているし、だから謝罪したいと強く思うのだ。

「それなら、もう一度冷静になって考えろ。彼女は頼れる者が少ないし、行き先は限られているはずだ」

ルークの言葉に、クリスは目を閉じ息を吐く。

（そうだ、闇雲に探してもアビーは見つからない……）

けれどちゃんと考えれば、彼女が身を隠す場所はきっとわかる。

「彼女を見つけて、自分はばかで阿呆だったと謝罪しろ。そして素直に気持ちを伝えれば、きっとうまくいく」

ルークの力強い言葉に、クリスは立ち上がる。しかしそこで、ルークが少し慌てた様子でクリスの進路を塞いだ。

「待て、一つ忠告だ」

「もしかして、俺はまた何か間違えそうか？」

「いや、出て行く前に風呂に入れと言いたかった」

「そんな暇などないだろう」

「お前、何日屋敷に帰っていないと思っている……。そんな姿で愛の告白をしてみろ、百年の恋も冷めるぞ」

もっともな指摘に、クリスはソファに放っていたタオルを摑む。

「お前は仕事では冷静なのに、アビーに関することだと周りのことが見えなくなる。それで失敗しないようにしろよ」

「そうだな。忠告、感謝する」

そう言ったものの、部屋を飛び出すクリスの勢いは、ルークを呆れさせるのに十分だった。

「……そういうところだぞ」

部屋を飛び出したとき、ルークが何かこぼしていたが、それがクリスに届くことはなかった。

＊＊＊

「アビー、私はそろそろ帰るけど、一人で大丈夫？」

エレンがそう言って声をかけたのは、窓を叩く雨が少しずつ強くなり始めたときのことだった。

「ええ。……でもごめんなさい、わざわざ来てくれたのに原稿ができていなくて」

「いいのよ。今日は顔を見に来ただけだし、締め切りのことも今は考えなくていいから」

どこまでも優しい言葉をおいて部屋を出て行くエレンに、アビゲイルは申し訳ない気持ちを抱きながら手を振る。

今アビゲイルがいるのは、エレンが見つけてくれた古いアパルトメントだった。クリスの屋敷を飛び出し、行き場所に困ったアビゲイルは、悩んだ末、エレンに事情を説明し助けを求めたのである。

クリスとの結婚を喜んでくれていた彼女に事情を説明するのは心苦しかったが、そこに至るまでの複雑な事情も、エレンは驚きながらも理解してくれた。

それればかりか、彼女は『私が部屋を手配してあげる』と申し出てくれたのだ。『アビゲイルは大事な友達だし、何よりいっぱい儲けさせてもらってるしね』などと言いながらエレンが見つけてくれた部屋は、昔アビゲイルが住んでいた実家よりも立派で快適だ。

さらに彼女は原稿の取り立てと称して、しょっちゅう部屋に足を運び、アビゲイルの話し相手までしてくれる。

彼女の気遣いに、何度泣きそうになったかわからないが、涙では恩を返せないし、せめて小説を書くことで恩返しがしたかったが、アビゲイルは一文字も小説が書けていない。

クリスと距離を置いて冷静になれば書けるかもしれないと思ったけれど、そう簡単にはいかなかった。

むしろ冷静になると、感情にまかせて屋敷を飛び出した自分の浅はかさが情けなくなるし、エレンはもちろんクリスやバレット家の人々に迷惑をかけてしまっていることが心苦しかった。

けれど真っ白な原稿用紙を見ていると、このまま屋敷に帰る勇気は出なかった。

(書けないって知ったら、クリスは悲しむわよね……)

もう二度とマリアベルに会えないと知ったら、きっと彼は絶望するだろう。

そう思うとアビゲイルの足はすくみ、この部屋からも出られなくなってしまっていた。

そんな彼女を咎めるように、大きな雷がすぐ側に落ちる。雨風も急に強くなり、エレンは大丈夫だろうかと不安になりながら、アビゲイルは窓へと近づいた。

窓に頬を寄せ、外の様子に目をこらしていると、不意に、部屋の扉が叩かれた。

「アビゲイル……入れてくれない？」

エレンの声が扉の向こうから聞こえてきた。その声は少し震え、息も上がっているように聞こえる。

きっと、思った以上の雷雨に慌てて避難してきたのだろう。

「鍵は開いたままだから入って」

言いながら、アビゲイルはエレンのためにお茶を入れようとキッチンへと向かう。

だがその前に、突然大きな黒い影が立ち塞がった。

　ぎょっとして立ち止まると、アビゲイルを見下ろしていたのはフード付きの黒い外套を羽織った、大柄な男だった。

「アビゲイル＝ランバートさんですね」

　静かな問いかけにアビゲイルは小さく頷く。と同時に、見ず知らずの来訪者は一人だけでないことを知る。

「アビゲイルごめんなさい！　この人たちに下で捕まって！」

　アビゲイルの背後では、さらに厳つい体格の男が、エレンの腕を摑んでいた。

　彼もまた雨に濡れた黒い外套を纏っており、フードに隠された視線は氷のように冷たく鋭い。

　見るからに怪しい男たちの姿に、アビゲイルは以前屋敷を訪ねてきた借金取りの姿を思い出した。

（もしかしてお父様、まさかまた誰かにお金を借りたのかしら）

　父のフェルとは結婚した後も時々手紙のやりとりをしていたが、この頃は無理な投資やギャンブルはやめたと書かれていた。

　それにほっとしつつも、仕事が忙しくて最近は顔を合わせていなかったから、彼が何かをしでかしていたとしてもアビゲイルは気づけなかっただろう。

脅されて、『嫁に行った娘にならば金がある』などと言ってしまったのかもしれない。

堅気とは思えない風貌《ふうぼう》の男たちを見つめながら、アビゲイルはじりじりと後退する。

実家に乗り込まれたときのことを思うと、身体が震えて動けなくなりそうだが、どんなに願っても助けは来ない。

守ると言ってくれたクリスのもとから逃げ出したのは自分だし、今や守ってもらう価値もない。頼れるのはもう自分しかいないのだ。

（せめてエレンだけでも逃がさないと……）

いざこざに巻き込んでしまったことを悔やみつつ、アビゲイルは武器になりそうなものはないかと、視線を泳がせた。

「アビゲイルさん。突然で悪いが、我々と一緒に来て欲しい」

「な、なぜ行かなければならないんです？」

「それは、一緒に来てくれればお話しします」

いかにも借金取りが口にしそうな言葉だと思いながら、アビゲイルは側に置いてあった厚めの本を手に取る。最悪この本の角で殴ってやると身構えながら立っていると、男たちは困ったように顔を見合わせた。

「訳あって素性は話せないが、ただどうしても、あなたには来てもらわなければならない」

言葉こそ丁寧だが、アビゲイルへと近づいてくる男の足取りは無遠慮だ。

恐ろしさを感じつつも、アビゲイルは本をきつく握りしめる。

それに恐れをなしたようには見えなかったが、男はアビゲイルに触れようとしたところで突然動きを止めた。そして彼は、何か恐ろしい者の気配を感じたかのように、怯えた顔で背後を振り返る。

その直後、大きな男の身体が宙を舞い、アビゲイルの側にあった本棚に激突した。

何が起こったのかと目を見張っていると、先ほどまで男がいた場所の近くにさらに大きな男が立っている。こちらに背を向けているので顔は見えないが、そのシルエットには見覚えがあった。

「うそ……」

思わず声が出た次の瞬間、もう一人の男も地面に倒された。その腕の中にいたエレンは助け出されたようだが、彼女もまた突然のことに言葉を失っていた。

「ど、どうして……」

アビゲイルが震える声をこぼすと、男はゆっくりとこちらを振り返る。

「……見つけた」

その顔をもっとはっきり見ようと足を踏み出しかけたが、それより早く、彼の逞しい身体がアビゲイルにぶつかってきた。

「アビー……」

ぎゅうっと抱きしめられ、立派すぎる大胸筋を押しつけられたせいで、彼の顔は見えなかった。

けれど彼は――クリスは泣きそうな顔をしているような気がした。

「ずっと探していたんだ、お前に謝りたくて……」

そこでようやく腕の力をゆるめ、アビゲイルとクリスは互いの顔を見つめ合う。

「痩せたか？」

「少しやつれた？」

言葉が重なり、少し間を置いて、笑顔も重なった。

もう合わせる顔がない、会うのが怖いとあれほど思っていたはずなのに、クリスの顔を見た途端、泣き出しそうなほど嬉しくなっている自分がいる。

「すまないアビー。俺は勝手なことばかりして、お前を傷つけた」

いつもより掠れた声で、クリスはアビゲイルに謝罪する。その言葉に、アビゲイルもまた慌てて口を開いた。

「それは私もよ。急に出て行ってしまって、ごめんなさい」

「いや、それもこれも全部俺が悪い。アビーを愛するあまり、俺はずっと暴走してばかりいる。それを詫《わ》び、直そうと思ったのに、ついさっきもアビゲイルに触れようとした男を

見て俺は……」

そう言って項垂れる様子から察するに、クリスは男たちの正体に察しがつかないまま、いきなり殴り倒してしまったようだ。

「たぶん、借金取りだから大丈夫よ。それにエレンのことは、ちゃんと助けてくれたし」

友の名前を口にして、その場にまだ彼女がいることを思い出す。

ハッとして横を見ると、エレンは食い入るような目でこちらを見ていた。

「……ネタ、これはすごくいい恋愛小説のネタになるわ」

何やらブツブツ言っているエレンを見る限り、怪我などはなさそうだ。とはいえ熱すぎる視線には少したじろいでしまう。しかし彼女に事情を説明しようとしたところで、身体に回された腕にわずかに力がこもった。

「アビー、今は、俺だけを見て欲しい」

一方クリスはエレンの視線をまったく気にしていないらしい。それどころか、彼はアビゲイルの顎をそっと摑み、視線を再び彼に向けさせる。

「それに、愛の告白をしたというのに、お前が無反応なのが恐ろしくてどうにかなりそうだ」

「あ、愛……!?」

「まさか、聞いてなかったのか？　もう一度言うか？」

聞こえていなかったわけではないが、彼が大仰な言い回しをするのはいつものことなので、自然と耳を素通りしてしまっていた。

それに愛なんて、マリアベルにならわかるが自分には縁がない言葉だと思っていたから、二回聞いた今でもまったく実感がない。

「待ってクリス、あなたおかしくなってしまったの？」

「なんでそうなる。お前に愛を乞いに来たんだぞ」

「だってあなたは、マリアベルを愛しているんでしょう？」

「あれは実在する女じゃない」

「実在しなくても好きだって叫び続けてたのはあなたじゃない！」

思わず大きな声で突っ込んでから、なんて間の抜けたやりとりをしているのだろうと自分で呆れる。

「あなた、きっと頭を打ったのよ。それか熱があるんじゃない？　少し休む？」

「俺は正気だし健康だし、アビーが好きなんだ」

「私じゃなくて、私の小説が好きなのよね？」

なのにどうしてそれを混同してしまったのかと、アビゲイルは本気でクリスを心配してしまう。

同時に、小説を書けなくなったと言うなら今しかないと思い、彼女は小さく唇を噛んだ。

「でもその気持ちも、きっともうすぐなくなるわ……。あのねクリス、冷静に聞いて欲しいのだけど、私、バレット家のお屋敷を出てから、ずっと小説が書けないの」

「何だって!? ……それはもしかして……俺のせいか？」

問いかけに対し、アビゲイルは答えに窮《きゅう》した。

おそらく、原因はクリスとのことだ。けれどそう言ったら、きっと彼は悲しい顔をするし責任も感じてしまうだろう。

そう思うといたたまれなくなって、アビゲイルは何も言えなくなってしまう。

だがわずかな沈黙の後、クリスはそっとアビゲイルの頬を優しく撫でた。

彼の手つきがあまりに優しくて、張り詰めていた緊張の糸が切れる。

そのせいで、アビゲイルの口からはつい、弱音がこぼれてしまった。

「……私もう、二度と小説が書けないかもしれないの」

言ってから少し後悔したが、アビゲイルを見つめる眼差しは穏やかだった。それどころか彼は、アビゲイルを慈しむように、唇にキスをした。

「決めつけるのはまだ早い。ゆっくり休めばまた書きたくなるかもしれないし、もし書けなくなったとしても、俺はお前の側にいる」

「で、でも、小説を書けない私はクリスの側にいる価値もないし」

「そんなことはない。確かに俺はアビーの小説が好きだが、それ以上にアビーのことが好きなんだ」

青い瞳にまっすぐ見つめられ、力強い言葉で断言されると、アビゲイルは今更のように彼が本気なのだとわかり始める。

「俺を笑顔にするために小説を書き続けてくれた優しいアビーが好きだ。小説が書けなくなって落ち込んでいるなら、俺がお前を笑顔にしたい」

そんな告白と共にもう一度落とされたキスは、今までされたキスの中で一番甘くて優しかった。

凝り固まっていた心と誤解が解けていくのを感じながら、アビゲイルはそっとクリスに身を寄せる。

彼のぬくもりを感じていると、ずっと堪えていた気持ちが堰を切ったように溢れ出した。

「私も、ずっとあなたが好きだったの。好きだったから、あなたの特別になりたかったから、小説を書いていたの」

「俺も同じだ。アビーの特別になりたかったから、小説を読ませて欲しいとせがんでいた」

「小説が書けない私でも、あなたの側にいてもいい？」

質問と共に、アビゲイルは恐る恐るクリスを窺った。

彼が浮かべていたのは絶望や落胆の表情ではなく、穏やかな微笑みだった。

「嫌だと言われても側にいる。アビーがいないと、俺は生きていけないから」

ずっと欲しかった言葉を、クリスが柔らかな声で口にしてくれる。

それが嬉しくて、幸せすぎて、アビゲイルは彼の胸に顔を埋めながら、彼のシャツをぎゅっと握りしめ、彼の香りを思い切り吸い込んだ。

「ん、んん……!?」

その直後、アビゲイルは思わずクリスの胸から顔を離した。

「……どうした、やはり俺が嫌いか？」

「そうじゃないけど、あの、においが……」

目の奥がツンとする匂いがすると正直にこぼすと、クリスが青ざめる。

「……風呂には入ったのだが、服を替えるのを忘れていた……」

「いったいいつから、シャツを洗ってないの？」

「……わからない。仕事が終わると屋敷にも帰らずずっとお前を探していたから、替えの服を取りに行く時間がなくて……」

もごもごと説明され、アビゲイルは呆れた。だが一方で、それほどまでに自分を優先してくれたことが嬉しくもある。

「ずっと、探してくれていたのね」

「当たり前だ。冷静になれず時間がかかったが、エレンが手を貸しているのではないかとようやく気づいたんだ。それで彼女の部下を二、三人締め上げて、ここをつきとめた」

「し、締め上げた……？」

「大丈夫だ、一般人にはちゃんと手加減をしている」

ただ、こいつらは無理だったがと、クリスは床に転がる男たちに目を向けた。

そこでアビゲイルは、のんびり談笑している場合ではなかったと我に返る。

「ごめんなさい、もしかしたらまた、お父様が借金をしたかもしれなくて」

「金なら返せばいい。ひとまず、こいつらを締め上げて雇い主を吐かせよう」

そうすれば万事解決だと笑って、クリスはうつ伏せに倒れている男をひっくり返した。

「……ん？」

だがその直後、クリスは怪訝そうな顔で男の外套をガバッと開く。

「……あら」

同じように男に目を向けたアビゲイルも、つい間の抜けた声が出る。

なぜなら、外套の下から現れたのは、アビゲイルも見覚えのある騎士団の制服だったのだ。

「……アビゲイル、お前の親父さんは本当に借金をしたのか？」

「いえ、あの、目つきの鋭い男たちだったから借金取りだと思って……」

「なるほど」

アビゲイルの言葉に、そこでなぜだかクリスが楽しげに笑う。

「お互い早とちりだったな。どうも俺たちは似た者同士だ。思い込みが激しいところとか、すぐ勘違いするところが」

そのせいで、想いを確認し合うまでに時間がかかったのだから、まさにそのとおりだが、勘違いのせいで迷惑を被ったこの騎士たちには非常に申し訳ない気持ちになる。

「でもこの人たち、いったい何しにきたのかしら……」

アビゲイルがぽつりとこぼすと、それまで黙っていたエレンがあっと声をあげる。

「たぶんこの人、王宮に仕える騎士じゃないかしら？　その肩の紋章は、レイデ様直属の騎士の証だったと思う」

「言われてみると、ルークもこれをつけていたな」

うっかりしていたと笑うクリスに脱力しながら、アビゲイルは倒れた騎士の側に膝をつく。

「二人とも、そういう大事なことにはもっと早く気づいてよ」

「アビーだって気づかなかっただろう？」

「だって私、あなたに会えたのが嬉しすぎて……」

「それは俺も同じだ。俺もアビーのことで頭がいっぱいだった」

開き直るクリスの言葉にうっかり嬉しくなってしまうが、今はそんな場合ではない。

（とにかく今は事情を聞かないと）

気持ちを改め、アビゲイルは倒れている身体をゆさゆさと揺すった。

＊＊＊

「本当に本当にごめんなさい!!」

美しい声で何度も謝罪され、アビゲイルの方が申し訳なくなってしまう。

「私のせいでお二人に変な誤解をさせてしまうなんて、思いもしなかったんです」

そう言って、目を潤ませながらアビゲイルを見つめているのは、オレアンズの第三王女レイデであった。

アパルトメントでクリスがぶちのめしたのがレイデの近衛騎士だと判明した後、アビゲイルとクリスは、早とちりしたことを詫びたのだが、彼らから『誤解させて申し訳ない』と逆に謝罪された。

そしてそのまま、半ば強引に王宮へと連れてこられたのである。

アビゲイルは普段着だし、クリスはあのくさいシャツのままでいいのだろうかと思ったが、結局そのままレイデの私室に通され、彼女に謝罪までされているのだ。

「お二人が仲違いをされたとルークから聞いて、私のせいだと思い、誤解を解こうとお呼びしたんです。でもそのせいで、余計に事態をややこしくしてしまったみたいで……」

レイデの言葉に、アビゲイルたちを呼びに来たあの騎士たちも、深々と頭を下げる。

小説家として、現実にはあり得ない話を沢山書いてきたアビゲイルでも、この展開はなかなか衝撃的だった。

だが王女に頭を下げさせたままでいるわけにもいかず、アビゲイルは意を決してレイデに声をかけた。

「あ、頭を上げてください。レイデ様に謝罪していただくことなんて、何一つありませんっ！」

「いいえ、むしろ沢山あります!!　実は私、とある勘違いをしていて……。そのせいで先生を動揺させるような質問をしてしまったのです。私の言い方は誤解を招くと後でルークに叱られました」

そこで大きくため息をついてから、レイデはアビゲイルをじっと見つめる。

「私、実はアビゲイル先生とルークの仲を疑っていたのです」

「ルークお義兄様と……ですか？」

驚きながらも、同じようなことをクリスに言われたことを思い出し、アビゲイルは自分の行動がまずかったのではと悩む。

「もしかして、勘違いをさせることをしていたでしょうか？」

「いえ、先生は悪くありません！　問題はクリスです！」

するとそこで、レイデは不満げな視線をクリスへ向けた。

「彼があまりに残念すぎて、ダメダメな男だから、先生がクリスを好きになるはずないって、勝手に思い込んでいたのです」

さらに予想外なことを言い出すレイデにアビゲイルは困惑した。

一方名指しで貶された本人は、納得できないというように眉を寄せている。

「聞き捨てならない。どう見ても、俺ほどアビーにふさわしい男はいないだろう」

「そういうところです！　そういう思い込みが激しいところが先生に迷惑をかけていそうだし、嫌われているのではないかと心配だったのです」

確かに思い込みが激しいところも、そのせいで迷惑をかけられているのも事実なので、アビゲイルは何一つ口を挟めない。

「『マリアベルちゃん、マリアベルちゃん』って気持ち悪いくらい連呼するし、先生には絶対ルークの方がお似合いだって、思ってしまって……」

「まさか、クリスはレイデ様の前でもマリアベルの話をしていたんですか？」

「ええ。彼とはルークの紹介で知り合ったのですが、会うたびマリアベルの話しかしないありさまで」

王女様相手にいったい何をしているのかと呆れるが、当のクリスは何が悪いのか、いまいちわかっていない様子である。

「王女様相手に、なんてことを……」

「ルークや国王陛下に、レイデ王女殿下は身体が弱くて友達が少ないから、身分を気にせず仲良くやってくれと言われたんだ。だから他の皆にするように、好きなことを喋っていただけだし、レイデ様のことはアビーにも話していただろう？」

思いも寄らない言葉に、アビゲイルは慌てて考え込む。

（そういえば、読書が好きな女の子に私の小説を薦めたって、言われたことがあるかも）

でもそれがレイデだとは言っていなかったし、まさかこの調子で王女様に自分の小説を紹介していたとは思いもしなかった。

「それにレイデ様も、気さくに接してくれて嬉しいと言っている」

「確かにその気遣いは嬉しかったのですが、アビゲイル先生とマリアベルのことしか喋らないんですこの人！　先生のお話を聞けるのは嬉しかったけど、本当に気持ち悪かったから、幼なじみとは言えこんな気持ち悪い人と結婚するなんておかしいって、ずっと思っていて」

「そう何度も、気持ち悪いと言うな……」

クリスは不服そうだが、傍から見れば確かにクリスの愛情は気持ち悪くも見えるだろう。

「その上にですよ！　『自分は書き下ろし小説を読ませてもらっている』とか自慢もしてきて！　正直悔しくて悔しくて、クリスなんて先生に振られてしまえばいいって思っていたんです」

レイデの言葉に、アビゲイルは改めて彼女とクリスの関係を誤解していたのだと痛感した。

クリスも、この様子だとレイデのことを自慢相手くらいにしか思っていなかったのだろう。

「だから私、先生がクリスと結婚したのには何か理由があるはずだってずっと思っていて……。そんなとき、先生の新作を読んだらルークにそっくりな騎士が出てくるから、色々勘違いしてしまって」

「それで、好きな相手をモデルにしたのかと、私にお尋ねになったのですね」

「そうなんです。先生はルークと結婚したかったのに、何かしらの理由でそれが叶わなくて、でも諦めきれなくてルークを小説に出したのだと思ったのです」

力強く、レイデは同意する。

「もしそうなら、ルークと一緒になれるようにお手伝いする覚悟だったんです。私は先生のファンだし、それにルークは私にとって大事な人だから、想い合っているなら邪魔者は排除しなければという気持ちで……」

　レイデの言葉に、アビゲイルは自分の考えがどれだけ見当違いだったか理解する。

　たぶん彼女は、本気でアビゲイルのことを心配していたのだ。

　そして彼女はクリスのことなどまったく好きではないのだと、冷静になった今はわかる。

（それどころか、レイデ様ってもしかして……）

「あの、無礼を承知で一つお伺いしてもよろしいでしょうか？」

「はい！　むしろ先生に質問をしていただけるなんて、光栄です!!」

「レイデ様は、もしかしてルークお義兄様のことを大切に思っていらっしゃるのではないですか？」

　好きという言葉は控えたけれど、アビゲイルの質問に対して頬を赤らめ、ドギマギする様子からして、どうやら読みは当たったらしい。

「わ、わかります……？」

「先ほど、ルークお義兄様のことを大事な人だと言ったとき、そこに特別な響きを感じて」

「や、やっぱり小説家の方は観察眼が鋭いですね」

「いえ、むしろ私は鈍い方です。それに無駄に妄想が豊かだから、一度勘違いするとそのままどんどん深みにはまってしまって……」

そのせいでクリスの思いにも気づかず、レイデのことも誤解してしまったのだとアビゲイルは自分の欠点を反省する。

「だから今回のこと、私にも沢山落ち度はあったんです。だからもう、謝らないでくださいね」

「そう言ってくださる先生は、本当にお優しい方です！　やっぱりクリスには勿体《もったい》ないわ」

そこでまた、クリスが不満げに顔をしかめる。反対にレイデはアビゲイルにすり寄り得意げな顔をした。どうやらこの二人の確執は、なかなか深そうである。

「何度も言うが、俺ほどアビーにふさわしい男はいない」

「でもルークの方が格好いいし、優しいし、いい男です」

「そこまで思うのなら、早く捕まえておけばいい」

「捕まえようとしたけど、『自分では釣り合わない』って逃げられちゃうんだもの。それもあって、本当はアビゲイル先生のことが好きなんじゃないかと不安になってしまって」

「なぜ逃げるか理由を聞いたか？」

「ええ、『自分は男性としての機能が失われてしまった』って……。でも私があまりに引かないから、断るための嘘だと……」

「ルークはレイデ様には嘘はつかない」

クリスの言葉に、レイデはわずかに目を見開く。

「じゃあ、彼は本当に……」

「ああ。でも治らないわけじゃない。医者に聞いたが、ルークのあれは精神的な問題が大きいらしい。怪我のせいで身体が動かなくなり、自信と活力を失ったせいだと」

「……なら、治せるのね？」

クリスの言葉に、レイデはほっとした顔をする。

「ああ、けれどルークは元々女性が苦手だから、治す気があまりないんだ。だがレイデ様が迫れば、やる気を出すだろうと、俺は思っている」

迫るという言葉にレイデとアビゲイルは戸惑ったが、クリスはそれに気づいていない。

それどころか、「さらに良いことを教えよう」と言うなり、クリスは突然我が物顔でレイデの書き物机の方へ行き、置かれている紙にペンで何か走り書きをする。

そしてその紙を取り上げると、クリスはそれをレイデに差し出した。

「ここに書いた本で色々と勉強するといい。ルークのような男を虜にさせる方法がいくつか書かれてある」

「こ、この本で……？」

紙を見た途端赤面するレイデを怪訝に思い、アビゲイルもそっと彼女の手元を覗き込む。

「なっ……なんて本を薦めてるの!!」

　思わず大きな声を出してしまったのは、クリスが綴った本のタイトルは全て、性交渉に関するものだと一目でわかったからだ。

「これはどれも良い本だぞ。俺はこれらの本から大事なことを沢山学んだ」

　これが自分の先生だと豪語するクリスに、アビゲイルはふと屋根裏でのことを思い出す。

（そういえば、あのとき言っていた先生って……）

　てっきり年上の女性のことだと思っていたけれど、これらの本のことだったのだろうか。

　とはいえこんな場所で聞くわけにもいかず、今は何も言わずにクリスの話を聞くことにした。

「ルークがレイデ様を受け入れないのは勃《た》たないからだ。そして勃《た》たせる気が奴にないからだ。だからその道を究め、奴の身体を目覚めさせれば絶対にうまくいく」

「お、王女様の前なんだからもう少し言葉を……」

「昔から、俺はレイデ様の前でもこんな感じだ」

　そこに関しては、レイデも大丈夫ですと苦笑する。

「むしろ皆、私のことを腫《は》れもののように扱うことが多いので、クリスのこんな態度は嬉しいのです。……アビゲイル先生の自慢だけはさすがにイラッとしますが」

　口ではそう言いつつも、クリスが手渡した紙をレイデは大事そうに撫でる。

「これを読んで実践すれば、ルークは私を意識してくれるようになるのですね」

「さっきも言ったがあいつも、レイデ様のことは憎からず思っているはずだしな。レイデ様と話がしたくて、アビゲイルの小説を一冊一冊丹念に読み、君が興奮しそうな箇所を抜き出してメモするような男だぞ」

他にもレイデを喜ばせるため、アビゲイルについての情報をクリスから仕入れていたらしい。

そのやりとりを想像した瞬間、アビゲイルの頭の中に、何かがぱっと弾けたような気がした。

「好きな相手を喜ばせたくて律儀にメモを取るって……それ、すごく良いわ！　小説のネタになりそう！」

クリスの言葉にアビゲイルがうっかり興奮すると、レイデの顔もぱっと輝く。

「確かに素敵ですよね！　どうしよう、私ルークのことがもっと好きになってしまいそう」

そして頬を染めるレイデの姿もまた小説の主人公にぴったりだと思うと、あれほど何も浮かばなかった頭に、鮮やかな物語が生まれ出す。

（今なら、また書ける気がする……）

溢れ出す創作意欲に思わず笑顔を浮かべると、クリスがアビゲイルの手を取った。

「書きたいって顔だな」

「そうなの。この一週間は何も浮かばなかったのに、突然降ってきて……」

「なら帰ろう。誤解は解いたし、彼女も今すぐやりたいことがありそうだしな」

クリスの言葉にレイデを見れば、彼女は燃える瞳でクリスのメモを見つめている。

「私、ルークとのこと頑張ります!!」

「応援しています。それと、よければお二人がモデルの小説を書いても構いませんか？」

「もちろんです！　むしろ今すぐにでも読みたいくらいなので、お願いします！」

アビゲイルとレイデは微笑み合い、お互いに頑張ろうと固い握手を交わしたのだった。

＊＊＊

レイデと話した後、アビゲイルはクリスと共にバレット家の屋敷へと帰ってきた。

そんなアビゲイルを、バートやルークたちが笑顔で迎えてくれる。

「ご迷惑をかけて本当にすみませんでした」

「いやいや、アビゲイルちゃんは何も悪くない。むしろ、この家に戻ってきてくれて私は嬉しいよ」

特に、そう言って喜んでくれたのはバートだ。

クリスから大まかな事情を聞いた彼は、アビゲイルがもうこの家に帰ってこないのではないかと心配していたらしい。

「こいつに愛想が尽きたら言って欲しい。アビゲイルちゃんにぴったりの再婚相手を、私が責任を持って探すから」

「それは駄目だ！　アビーは俺の妻だ！」

「そう言える立場か？　お前ほどふさわしくない相手はそうそういないと思うぞ？」

バートの言葉にクリスは項垂れる。

「……どうしてみんな、同じことを言うんだ……」

レイデから言われたことを意外と気にしていたのか、クリスは拗ねたような顔をする。

「そりゃあ言うだろう。同年代ならともかく、お前の方が年上なのに昔から我が儘放題だし、アビゲイルちゃんは嫁入り前の娘さんだというのに距離感を無視してベタベタしているのを見て、俺は何度フェルにすまないと詫びたかわからない」

確かによく、彼は父と何やら二人で話し込んでいた。そしてそれはきっと、アビゲイルとクリスに関することだったのだろう。

「結婚して少しは落ち着くかと思えばその逆だし、この暑苦しい息子が嫌になったのなら気にせずそう言ってくれてかまわない」

真剣な顔でアビゲイルを見つめるバートは、本気でそう言ってくれているようだった。

だからアビゲイルはそっとクリスと手を繋ぎ、微笑む。

「私は、これからもずっとクリスと一緒にいたいと思っています」

「本当にいいのかい？　クリスだぞ？」

「クリスだから、いいのです」

大丈夫ですと頷くと、バートはどこかほっとした顔で息を吐いた。

「そう言ってくれて安心したよ。相手を見つけると言ったのは嘘ではないが、息子が独り身に戻るのはやっぱり心配でね」

「それに、跡継ぎのこともありますしね……」

そこでアビゲイルは、ずっとバートに隠しごとをしていたことを思い出し、申し訳なくなった。

ここまでよくしてくれる彼に真実を言えなかったことが後ろめたくて、アビゲイルは勇気を出して口を開く。だがそれを、バートが笑顔で制した。

「大丈夫だ。アビゲイルちゃんが言いたいことは何となくわかっている。それにこの問題は、きっとすぐに解決するさ」

ほら見ろと、バートが指さしたのはアビゲイルをじっと見つめていたクリスだ。

人前だというのに、クリスの目には堪えきれないほどの熱情が灯っており、その目にアビゲイルは頬を染める。

「そろそろ部屋に行くといい。私とルークは、飲みにでも行ってくる」

「そうだな、久々の再会だ。二人でゆっくりするといい」

バートとルークがそう言って身支度を始めると、クリスは「礼は言わないぞ」と捨て置きアビゲイルの腕を引く。

「ちょっと、クリス……!?」

「父上たちの話が長すぎて、もう限界だ」

言うなり、彼は二人の寝室に向かって歩き出す。

そのまま足早に部屋に入った瞬間、彼は纏っていたシャツを破り捨てた。

「ど、どうしたのいきなり!?」

「くさいと集中できないだろう?」

そして閉めたばかりの扉にアビゲイルの身体を押しつけ、その唇を乱暴に奪う。

突然のことに驚きはしたけれど、アビゲイルもまた自然と舌を絡めていく。

いつもより積極的なアビゲイルに驚いたのか、クリスがわずかに動きを止めた。それが物足りなくて、もっと彼とキスを続けたくて、アビゲイルの方からクリスの口の中に舌を差し入れる。

彼ほど上手ではないけれど、少し背伸びをしながらぐっと舌を突き出し、彼の上顎をくすぐると、クリスの喉が心地よさそうに鳴った。

それを嬉しく感じながら、アビゲイルは夢中になってキスを続ける。すぐにまた攻守が逆転し、アビゲイルはクリスの舌に翻弄されてしまうが、今日はもう戸惑いすら感じない。

「嬉しいな。抵抗されるかと思っていたが、むしろいつもより積極的だ」

「私、抵抗なんてしないわ」

「だが、レイデ様と話してからずっと、小説を書きたそうにしていただろう？　だから俺より机に向かいたいかと思って」

「確かに書きたい気持ちはあるけど、私もあなたとこうしたいの……」

キスをして、服を脱いで、肌を合わせながらこの身にクリスを受け入れたいと、そればかり考えてしまう。

恥ずかしい気持ちはまだ少しあるけれど、それも次第に消えていくだろうという予感がした。

「アビー……、愛してる」

キスの合間に聞こえた囁きは、甘くて優しかった。それとは裏腹に、アビゲイルを見つめる眼差しは、捕食者を思わせる鋭いものへと変わりつつある。

だがそれも、もう怖くはない。むしろ自分の全てを喰らい尽くして欲しいという思いに、躊躇いはなかった。

「私も……、愛しているわ」

長いキスによって息と言葉は途切れ途切れになってしまったが、アビゲイルの気持ちはクリスにしっかりと届いたらしい。

「続きはベッドで、しよう」

そう言いつつも、一瞬たりとも互いから離れたくないという気持ちが強すぎて、移動の際も二人はキスをやめられなかった。

お互いの頬や身体に触れながら、二人はもつれるようにしてベッドに倒れ込み、そこで今までで一番深いキスをする。

「……ふ、あ……」

長いキスによって酸欠になり、アビゲイルは頭がぼんやりしてきたが、クリスはまだ息一つ乱していない。

そんな彼の手を借りて、アビゲイルはドレスと下着を取り去りベッドに横たわる。

クリスも服を脱ぎ捨て、その強靭な肉体と凶暴なほど大きな雄竿をアビゲイルの眼前に晒した。

彼の美しく逞しい姿に見入っていると、クリスが不安げな顔でアビゲイルの顔の横に手をついてくる。

「怖いか……？」

「ううん。……素敵だなって思って」

「世辞はいらない。褒めるのは俺の役目だ」

「お世辞なんかじゃないわ。初めて会ったときから、私はあなたの全てに夢中だもの」

細かったときのクリスも、逞しく成長した彼も、そして彼の持つ凶暴さと猛々しさにさえ、アビゲイルは惹かれてしまうのだ。

だからこそ、それに自分が釣り合うわけがないとずっと引け目を感じていたのだけれど、彼の愛情が自分に向いているとはっきりわかった今は、以前のように自分を卑下する気持ちは生まれない。

容姿に自信がないのは相変わらずだけれど、クリスが愛してくれるなら、いずれこの顔も身体も好きになる日が来るかもしれないとさえ思う。

「あなたが、私を好きになってくれて本当に嬉しい」

「それは俺の台詞だ。レイデ様にも言われたが、俺は気持ち悪い男のようだし、無理してないか？」

「確かに、呆れることは多かったわ」

「……そ、そうか」

「でも私、クリスが思っている以上にあなたのことが好きだと思う。今までずっとマリアベルに嫉妬してたくらいだし」

「アビーが嫉妬？」

「ええ。それに、あなたが抱いた女性たちにも嫉妬してる」

ここは素直になるときだと感じ、アビゲイルは心の内側に抱えていた気持ちをさらけ出した。

するとクリスは、そこで怪訝な顔をする。

「俺は、アビー以外を抱いたことはないが？」

「え……？　じゃあ、誰ともしてないの？」

「俺は、マリアベルに恋をしていると思い込んでいたんだ。実在の女じゃないのに、抱けるわけがない」

もっともな発言だが、やはりまだにわかには信じられない。

「でも、クリスはすごくうまいわ」

「古今東西のありとあらゆるレクチャー本を読んだからな。想像の中とは言え、マリアベルちゃんを相手にするのに無知ではいけないと思って」

初心者向けの軽いものから、歴史に名を残す偉人が愛読したと言われる名著まで、性交渉に関するありとあらゆる本を読んだのだとクリスは笑う。

「とはいえ、やっぱり想像と現実は違っていて、うまくいかないことの方が多かった」

「そんなふうには全然見えなかったわ」

「いつも余裕がなかったぞ。お前を見ると夢中になりすぎて、気遣いや会話を忘れてしまう」

確かに行為の最中は、いつもおしゃべりなクリスにしては、口数が少なかった。でも性行為は静かにするものだと思っていたし、アビゲイルも余裕がなかったので彼の戸惑いを察することができなかったのだ。

「だがそれでも、アビーを夢中にさせたくて、お前の身体が俺に溺れるようにと、必死だった」

「そうだったのね……。私、何も気づいていなかった」

「今思えば、そうするより先にアビーの気持ちを確かめるべきだった。勝手に暴走して、お前を怖がらせてしまった。本当にすまない」

だが嫌いにならないでくれとぎゅっと縋りつかれると、アビゲイルの胸は甘く疼いてしまう。

「大丈夫、許すわ」

「本当か？」

頷き、アビゲイルは縋りつくクリスの髪を優しく撫でる。

「私たぶん、あなたには何をされても許してしまう気がする」

「じゃあ……」

「じゃあってことは、まだ他にも何かあるの？」

「浮気はしていないが、マリアベルで色々妄想したことも、謝っておこうと思って」

それは知っていたと言おうとしたところで、不意にクリスの視線がアビゲイルの身体に移る。

「……だが、今思うと妄想の相手は、マリアベルではなかったのだと思う」

「どういうこと？」

そこでなぜか、クリスはじっとアビゲイルの胸元を見つめた。

「マリアベルだと思っていた想像の中の相手は、アビーだったんだ」

「な、なんで胸を見ながら言うのよ」

「頭の中で抱いていた身体とアビーの身体がそっくりなんだ。それに声も」

しみじみ言いながら、クリスはアビゲイルの肌にそっと手をのせる。彼女の輪郭をたどるように、首筋から胸へと指を滑らせる動きは官能的で、アビゲイルはすぐさま甘く震えてしまった。

「ルークに言われて気づいたが、俺はマリアベルではなく、彼女の中のアビーの面影に恋をしていたんだと思う。……だから想像の中でも、無意識のうちにお前を抱いていたんだ」

それが本当ならこれほど嬉しいことはないと思った瞬間、クリスのもたらす刺激が、驚くほど強くなる。アビゲイルが目の前にいることを確認するように、クリスは縋るようにその肌を撫でていく。

「つまり、俺が抱きたかったのはずっと前からお前だけだった」

「あっ」

彼の手つきはさほど変わっていないはずなのに、指先から広がる愉悦が段違いに強くなる。

「想像の中より、本物の方がずっと綺麗だ」

「んッ、っ……」

ただでさえ、悦びと心地よさが溢れてたまらないのに、クリスの手がアビゲイルの双丘へと至ると、はしたない声が堪えきれなくなってくる。

アビゲイルの胸は小さすぎて、クリスの大きな手で簡単に隠れてしまう。

物足りないと思っているのではないかとアビゲイルは少し不安になるが、それに気づいた彼は優しく微笑む。それからアビゲイルの胸を優しくすくい上げた。

「アビゲイルの胸はかわいらしくて、すごく好きだ」

小さな膨らみを指で押し上げたかと思えば、右の乳房に唇を寄せ、その先端をチュッと吸い上げる。

クリスの唇がもたらす刺激は、得も言われぬ心地よさをもたらし、アビゲイルの乳首が熟れた果実のように赤く膨れた。

「それにすごく、美味そうに見える」

「あぅ、舌は……だめ……」

右の乳首を舌でこね回しながら、クリスは左の乳房を手のひらで強く揉みしだく。

ぷくりと熟れた頂を指で刺激されると、雷に打たれたような甘い衝撃が全身を駆け巡り、声が溢れて止まらなくなる。

軽く達してしまったのかと思うほどの陶酔感に、アビゲイルの肌が粟立ち、腰もビクビクと震え出す。

それに満足げな笑みを浮かべつつ、クリスはアビゲイルの先端を前歯で優しく嚙んだ。

「っあ、ンッ……」

指でつままれたときとはまた違う感触に、アビゲイルの身体は上り詰めていく。

「その顔を見ているだけで、俺も達ってしまいそうだ」

クリスの声と表情には、欲望と愛おしさが入り交じっていた。それを見ていると、アビゲイルは胸を舐められたときと同じくらい興奮し、蜜口をひくつかせながら、はしたなく愛液を溢れさせる。

(言葉だけで気持ちよくなるなんて、私……変なのかしら……)

言葉どころか、クリスの瞳が自分の痴態を捉えているのだと思うだけで、アビゲイルの秘所は熱く濡れてしまう。

「私、淫乱すぎる……かしら……」

「大歓迎だ。俺は、俺の手によってアビーが気持ちよさそうにしているのがたまらなく好きだ。もっと見たい」

「でも私ばっかりは、いや……」

乱れるのも、気持ちよくなるのも、一人きりなのは寂しい。

共に熱を高め、叶うことならアビゲイルの手でクリスに心地よさを与えたかった。

「クリスも、気持ちよくなって……ほしい」

アビゲイルはそっとクリスの肉竿に手を伸ばしていた。

寝転んでいるので彼のものがどこにあるかは見えないが、腰のあたりに手を這わせれば、熱の塊が指先に触れた。

(もう、すごく大きくなってる)

ほんの少し身体をずらし、アビゲイルはクリスの竿をそっと握る。

初めての夜は手を退けられてしまったけれど、今日のクリスは静かに目を閉じ、好きなようにさせてくれる。

「……こうすると、気持ちいい？」

彼のものは大きすぎて、片手では到底覆いきれないが、指を絡めながらゆっくり上下に扱けば、クリスの顔から余裕がなくなり、吐息には熱を増していく。

握り方と触れる角度を変えながら、アビゲイルは彼の感じるところを探るように、生殖器を刺激していく。凶器的な大きさのせいでずっと怖いものだと思っていたけれど、こうして触れてみるとそれは温かく、何よりアビゲイルの手に反応してくれるところが愛おしい。

(もっともっと、気持ちよくさせたい)

昂る思いのまま、アビゲイルは裏筋をなで上げ彼の先端を優しく締め上げた。

「くそっ……」

「い、痛かった?」

「逆だ……。うますぎて、持っていかれそうになる……」

男のものを手で扱くのは初めてだけれど、どうやら彼を満足させられたようだ。

それにほっとしながら、なおもクリスのものをこすり上げていると、アビゲイルの手のひらに先走りの滴がこぼれた。

(温かい……)

クリスのものだと思うとまったく不快感はなく、むしろもっと自分の手を汚して欲しいと思ってしまう。

「アビー、お前が欲しい……」

もう我慢ができないと言いたげな声と眼差しが、アビゲイルを射貫く。それが嬉しくて、アビゲイルは頷きながらクリスの亀頭を親指で優しく撫でた。

途端に、既に大きいと思っていたクリスのものがさらに立ち上がり、アビゲイルの手のひらから逃れていく。

同時に太ももをぐっと掴まれ、アビゲイルはクリスの手によって、はしたなく脚を開かれる。

蛙のような体勢にされ、太ももを淫らに震わせ愛蜜をこぼす姿を晒すのは恥ずかしい。だがクリスのものが欲しいという気持ちが強すぎて、脚を閉じることができなかった。

「この前のように、いきなり入れたりはしない。……今夜は、ちゃんと優しく抱かせてくれ」

既に蜜をこぼし始めていた秘裂を、クリスの指が撫でる。

「あ……そこ……」

襞を割るように指先で上下をこすりながら、彼の指先が花芯を刺激していく。

花を摘むようにアビゲイルの突起を指先でつまみ、そのままキュッとこすられると、涙がこぼれるほどの法悦が溢れて、アビゲイルは全身を震わせ甘く喘いだ。

「時間をかけてほぐそうと思っていたが、準備はできているようだな？」

花弁をこすっていた人差し指が、アビゲイルの反応を確認しようと中へと入ってくる。

初めてここに触れられたときは違和感と圧迫感を覚えたものだが、クリスの指が内側をたどる感覚に、アビゲイルはもう慣れきってしまっていた。それどころか、指一本では物足りないような気持ちにさえなる。

「すごいな、あっという間に根元まで入った」

ぬぷっと音を立てて入り込んだ指は、瞬く間に奥まで達していた。

そのまま蜜をかき出すように出し入れされても、アビゲイルの膣は易々とそれを受け入れ、もっと刺激が欲しいとねだるように、中をひくつかせる。

「痛みはないか？」

「ないの……ただ……」

「物足りないか？」

素直に頷くと、クリスの指が二本に増やされた。媚肉をこすられる面積が増え、アビゲイルの胎内が歓喜に震える。

（すごくいい、でも……）

しかしそれでも、アビゲイルはまだ物足りない。

「んっ、ふぅ……ッ」

二本の指によって、彼女が感じるところを刺激されると強い愉悦を覚えるが、それでもまだ、何かが足りないような気分になる。

「クリス……私……もっと……」

「わかっている。俺もそろそろ限界だ」

指が抜かれ、代わりにクリスのものがあてがわれる。

「ああっ」

その先端が入り口をそっと叩いただけで、アビゲイルは期待に甘く震える。

最初に入れられたときのことは、恐怖と混乱のせいであまりよく覚えていないけれど、それでもこんなにも興奮はしていなかっただろう。

「きて……お願い……」

今度こそ、クリスをしっかりと感じたくて、アビゲイルは彼のもたらす熱に意識を集中する。

「なるべく力を抜いていろ、さすがに指とは違うぞ」

アビゲイルの腰を掴みながら、クリスは自分の熱塊の先端で、しとどに濡れる入り口をゆっくりと押し広げていく。

「あっ、くる……」

「痛むか？」

痛みはないが、隘路を進むクリスの熱に、心も身体もあっという間に蕩けてしまう。

「すまない、まだ、半分だ…」

「だい、じょうぶ……。だから……全部、入れて……」

早く彼の全てを受け入れたい。

そんな思いで、アビゲイルはのしかかってくるクリスの身体をぎゅっと抱きしめる。

肌が合わさると共に、クリスが腰をぐっと前進させ、その全てをアビゲイルの中へと収める。

打ち込まれた楔はあまりに太すぎて、隘路の中の蜜がぐちゅっと外へと押し出された。

それはアビゲイルの臀部を伝い、シーツにいやらしいしみを作る。

ドクドクと脈打つ彼のものが自分を貫いているのだと思うと、得も言われぬ喜びと深い愛情がこみ上げてきた。

「好き……大好き……」

身体を繋げても心は繋がらないのだと舞踏会の夜は悲しい気持ちにさえなったけれど、今はただただ喜びと愛おしさだけがアビゲイルを支配する。

「俺もだ、アビゲイル……」

自分の名前を呼ぶクリスの声にも愛おしさが溢れていた。

気持ちも身体も重なっていることを実感していると、アビゲイルの中でクリスがさらに大きくなる。

さすがに少し苦しく感じたが、それよりも隙間なく繋がれることが今は嬉しかった。

「動くぞ」

クリスも余裕がなくなってきたのか、額に汗をにじませながら、ゆっくりと腰を動かし始める。

「あ、あっ、ん……ッ」

クリスの欲望が出入りする感覚はあまりに甘美だった。

打擲音と共に一番奥を抉られると目の前に火花が散って、アビゲイルは思わずクリスの背中に爪を立ててしまう。

「俺を、感じているか……?」

腰を掴まれ、揺さぶられると、クリスの亀頭がアビゲイルの弱いところをこすり上げていく。

「すごく……いい……」

何度も奥を穿《うが》たれ、そのたびに増していく心地よさにアビゲイルは身もだえた。

「あ、そこ……そこ……」

唇を震わせ、アビゲイルはもっと深く、淫らな施しを求めて懇願する。

愉悦を生み出す一点をクリスの亀頭によって攻められると、もたらされる刺激を手放したくなくなってしまうのだ。

言葉だけでは飽き足らず、アビゲイルの身体はいつしか、中をひくつかせ、クリスのものをきゅと締め上げる。

「くそ、持っていかれそうだ……」

余裕なく舌打ちしながら、クリスが奥をずんと突くと、アビゲイルの胎内が悦びに震えた。

「いく……いっちゃう……」

「ならば、一緒に……！」

クリスの腰の動きがさらに速くなり、アビゲイルの身体は糸の切れた人形のように翻弄される。

身も心も快楽に絡め取られ、アビゲイルは扇情的な表情を浮かべ、涙と喘ぎ声をこぼすことしかできない。

だがそれを恥ずかしがる気持ちはもはやない。クリスと共に法悦の嵐に投げ出される感覚に、喜びさえ感じる。

「ああっ……クリス……クリス！」

「アビゲイル……。お前は俺の……俺のものだ」

子宮の入り口を抉るほど強い力で楔が打ち込まれた瞬間、アビゲイルは甘く果てた。

同時にクリスが彼女の中に精を放ち、その注ぎ込まれる熱にアビゲイルはうっとりと目を細める。

それから、涙でぼやけた瞳でクリスの様子を窺うと、彼は珍しく息を乱していた。首筋から胸へと伝う汗を拭い、果てたアビゲイルをじっと見つめている。

互いの姿をその目に焼き付けていると、不意にクリスのものが再び大きくなるのを感じた。

「……すまない、一度抜こう……」

「だめ、そのまま……、そのままがいい……」

絶頂を迎えたせいでまだうまく動かない唇を震わせて、アビゲイルはねだる。

「まだ、離れたくないの……」

せっかく身も心も一つになれたのに、また別々になってしまうのは嫌だった。

だからアビゲイルは、クリスの身体に回した腕に力を込める。

「今夜は、ずっと一緒がいい……」

「そんなことを言われたら、やめられなくなるだろう」

むしろそれが望みだと告げる代わりに、アビゲイルはクリスの逞しい胸板にそっと口づけをした。

「アビーが俺を求めてくれるのがたまらなく嬉しい。望んでくれるのなら、今夜はずっとこのままでいよう。繋がったまま、何度もお前を愛してやる」

熱を帯びた声に、アビゲイルはこくりと頷いた。

クリスへの想いは伝えきれていないし、彼からの愛もきっと受け取りきれていない。

だから今夜は、この身体が持つ限り深く愛し合いたいとアビゲイルは強く思うのだった。

＊＊＊

「好きよ、大好き……」

この日何度目かになる告白と共に、アビゲイルが意識を手放したのは空が白み始めた頃だった。

その姿をぼんやり見ていたクリスは、彼女の中から己を引き抜こうと腰を上げたところで、動きを止める。

（いや、もう少しだけこうしていよう）

ずっと抱き合い、快楽の中で幾度も果てたが、それでもなおクリスは物足りなさを感じていた。

（きっと、それはアビーも一緒だろう）

眠ってしまった彼女を抱きしめて繋がり合ったまま、クリスは幸せの余韻に浸る。

一度は間違え、逃がしてしまったけれど、もう二度と彼女を放すものかとクリスは改めて決意していた。

アビゲイルは、クリスの女神だ。あまりに特別で、尊すぎるあまり触れることさえ躊躇っていたこともあったけれど、今はもう片時も放したくないと思う。

むしろ離れるときが来たら、きっと自分は冷静ではいられない。欲望のまま、一度アビーを抱いてしまったことで、クリスは自分の余裕のなさを強く実感していた。

(俺は、アビーの一番じゃないと駄目なんだ)

この女神を誰よりも讃え、愛し、守る役目は絶対に譲れない。その一つでも奪われたら、きっと自分はおかしくなってしまうだろうという予感さえある。

(だからもう逃がさない……。逃げたいと、思わせたりもしない)

アビゲイルが自分を好きだと言うなら、そこにつけ込み、甘やかし、自分なしでは生きられないようにすればいい。

結婚すると決めたときも、クリスは無意識のうちにアビゲイルを自分に依存させたいと思っていたが、あの頃よりもっと強い気持ちが胸には芽生えている。

「俺の愛しいアビゲイル、いつまでも、俺だけの女神でいてくれ」

そんな言葉と共に、クリスはアビゲイルの唇をそっと啄む。

くすぐったそうに吐息を漏らすアビゲイルをまたぎゅっと抱きしめ、二度と放すものかと改めて誓ったのだった。

エピローグ

そしてマリアベルと相棒のジャックは、互いに対する特別な想いを自覚したのです。

「私、自分の気持ちからも、あなたの気持ちからも、もう逃げないわ」

恥ずかしさもあって、まだ「好きだ」と素直には言えないけれど、マリアベルはそんな言葉と共にジャックに身を寄せて、海の向こうに昇る朝日を眺めたのでした――。


書店に堆く積まれたマリアベルの最新刊を手に取り、アビゲイルはその最後のページを開く。

大事な一文がちゃんと印刷されているかを確認していると、その横で三人の少女がマリアベルの最新刊を次々手に取っていった。

「よかった、このお店はまだ売り切れてない！」

アビゲイルが作者だと知らぬ少女たちは、最新刊への期待を口にしながらレジへと歩いていく。

その笑顔を見ていたアビゲイルは、数時間前にエレンに言われた言葉を思い出した。

『マリアベルの最新刊、ものすごく売れているの！　やっぱりみんな、マリアベルとジャックがくっつく展開を待ち望んでいたみたい！』

その言葉がにわかには信じられず、こうして書店までやってきたのだった。

少女たちの反応を見た今、アビゲイルは改めてマリアベルとジャックを結びつけてよかったと思う。

マリアベルへのライバル心からずっと気づかないふりをしていたけれど、彼女とジャックは結ばれるべき関係であると、本当はわかっていた。

それを受け入れ、物語を進展させられたことで、自分も一皮むけたようなそんな気分になる。

(二人をくっつけたら新しい展開もどんどん浮かんできたし、続きも早く書きたいな)

今すぐにでも書きたい気持ちになって、アビゲイルは本を戻そうとする。

「それは、俺がもらおう」

だがその直後、大きな手が彼女の手から本をすっと引き抜いた。

「待たせてすまない」

そんな言葉と共にアビゲイルに微笑んだのは、彼女の夫であるクリスだ。

今日も彼は凛々しくて、そこがアビゲイルには少しまぶしい。

けれど以前よりは、彼女はクリスの隣に立つことを苦しく思わなくなった。

想いが通じ合ったことで、アビゲイルは自信を得られたのかもしれない。

「お仕事は無事終わったの？」

「ああ。アビーとアビーの本に触れたくて、走ってきた」

そう言って、クリスは手にしたばかりの本に頬ずりをしている。

「それ、売りものよ」

「俺が買うから問題ないだろう」

「でも、もう買っていなかった？」

それも既に二冊ほどあるのではと思ったが、クリスはそれがどうしたという顔で本に頬をくっつけている。

「持っているが、まだ足りない」

「た、足りない……？」

「欲を言えばあと四冊ほど欲しいが、売り切れている店もあるらしいので我慢している」

売れるのは嬉しいが、思う存分買えないのは悔しいと拗ねるクリスは相変わらずだ。

「欲しいなら、エレンにいくつかもらってくるわよ？」

「自分で買うのがいいんだ。俺は、アビーに貢ぐために生きているんだからな」

ぶれない物言いに、アビゲイルは思わず苦笑してしまう。

「それに今作はこれまでで一番マリアベルちゃんがかわいいから、いつも以上に欲しいんだ」

相変わらず、彼の言葉にはマリアベルへの賛辞も混じっているが、前と違って複雑な気持ちになることはない。

「あっ、だが、マリアベルよりもアビーの方がかわいいぞ」

むしろ最近は、アビゲイルへの賛辞をいちいち付け足してくるからそちらの方が恥ずかしい。

「さっきも、書店にたたずむアビゲイルがあまりにかわいくて、つい見惚れてしまった」

「ほ、褒めるのは、マリアベルだけで良いから」

「いや、アビーのことも褒める。褒めたい」

クリスは断言するが、アビゲイルはもうやめてと手で顔を覆う。

「だからって、恥ずかしいことばかり言いすぎよ」

「これでも手加減している」

「じゃあもっと手加減して」

不満を口にしてみたが、クリスは聞き届けるどころかまだ言い足りないという顔をしている。

その表情に嫌な予感を抱き、アビゲイルは「資料用の本を探してくる」とその場から素早く移動する。

だが大きな棚の裏に来たところで、クリスに抱きしめられ、優しく唇を奪われてしまった。

抵抗できないほどの強さではないが、彼のぬくもりに包まれると身体は勝手に彼の方へと傾いてしまう。

「逃げるのは許さない」

「もう逃げないわ。あなたの気持ちからも、自分の気持ちからもね」

微笑むと、クリスの顔がぱっと華やぐ。

「今の、マリアベルの台詞のようだった」

言われて、アビゲイルもはっとする。

今まで自覚がなかったけれど、確かにマリアベルの行動と言葉は、作者であるアビゲイルと重なる部分が多いようだ。そしてそれに気づいた今は、『マリアベルではなくアビーに惹かれていたんだ』と告げるクリスの言葉も、受け入れられるようになった。

「ならばここは、俺もジャックのように愛を囁くべきだろうか」

「愛を囁くシーンなんてまだないじゃない」

「では俺の告白を参考にしてくれ」

「それはちょっと恥ずかしいわ……」

それに彼の告白は、自分だけが独占したい気もする。

だがそんな気持ちもつゆ知らず、クリスは甘い表情を浮かべた。

「アビゲイル、お前は俺の全てだ」

優しいキスを落とし、彼はアビゲイルへの想いを躊躇いなく口にする。

耳元で囁かれた言葉はあまりに甘すぎて、とてもではないが小説には使えそうにない。

（やっぱり愛の囁きは、私だけのものにしよう）

恥ずかしさに火照る頬を押さえながら、アビゲイルはそっと決意したのだった。


【了】

あとがき

この度は『妄想騎士の理想の花嫁』を手に取っていただき、ありがとうございます！

マッチョと残念なイケメンが三度の飯より好きな、八巻《はちまき》にのはと申します。

ソーニャ文庫さんから出させていただく本も八冊目になり、「残念なイケメンばかり書いていて大丈夫だろうか……」という不安もなくなり始めた今日この頃です。

編集さんからも「八巻さんはそれでいいんです」と電話で言われるようになり、「じゃあいっか！」と思えるようになりました。我ながら単純です。

それが良い兆候なのか危ない兆候なのかは分かりませんが、『私は残念なイケメンとマッチョをこれからも書いていくんだ！』という気持ちで、残りの人生を歩んでいきたい所存です。

これでもし、次回作が真面目なモヤシ系ヒーローだった場合、私は宇宙人に乗っ取られたに違いないので、ＭＩＢに連絡していただけると助かります。（いつもよりあとがきのページが多いので、つい話が脱線しました、すみません）

――ということで今回は、残念系なオタク騎士を書かせていただきました！

ヒーローほどではないですが、自分も『推《お》しに課金できるのって幸せだよね！』と思うタイプなので、オタクヒーローは書いていて大変楽しかったです。

その上『今回もマッチョでいいですよ』と編集さんが言ってくださったので、自分の作品の中でもマッチョ率が高く、二重に楽しかったです。

マッチョと言えば、いずみ椎乃《しいの》様のイラストも大変素敵で、何度も悶絶させていただきました。

本当にありがとうございます！　とてもイイ筋肉でした！　最高でした!!

そして毎回の言葉になってしまうのですが、編集のＹさんには今回も大変お世話になりました。ありがとうございます！

このあとがきを確認した後、Ｙさんはゲラに書かれた私の字の下手さに悶絶する羽目になると思うので、この場で謝罪もしておきます。本当にすみません……。お酒を飲んでいる訳でもないのにずっと腕が震えていて、いつも以上に悲惨なことになっております……。

　これ以上腕が震えないよう、次回までにはもう少し筋力をつけようと思いますので、見捨てないでいただけると嬉しいです。

　最後になりますが、この本を手に取ってくださった方々にもう一度感謝を。

　本当の本当にありがとうございます。

　それではまた、どこかでお目にかかれることを願っております！

八巻にのは

Sonya
ソーニャ文庫

この本を読んでのご意見・ご感想をお待ちしております。

◆ あて先 ◆
〒101-0051
東京都千代田区神田神保町2-4-7 久月神田ビル
㈱イースト・プレス　ソーニャ文庫編集部
八巻にのは先生／いずみ椎乃先生

妄想騎士《もうそうきし》の理想《りそう》の花嫁《はなよめ》

2018年7月8日　第1刷発行

著　　者　八巻《はちまき》にのは
イラスト　いずみ椎乃《しいの》
装　　丁　imagejack.inc
D　T　P　松井和彌
編集・発行人　安本千恵子
発　行　所　株式会社イースト・プレス
〒101-0051
東京都千代田区神田神保町2-4-7 久月神田ビル
TEL 03-5213-4700　　FAX 03-5213-4701
印　刷　所　中央精版印刷株式会社

ISBN 978-4-7816-9627-0
定価はカバーに表示してあります。

Sonya ソーニャ文庫の本

『限界突破の溺愛』 八巻にのは

イラスト 成瀬山吹

Sonya ソーニャ文庫の本

『変人作曲家の強引な求婚』 八巻にのは

イラスト 氷堂れん

Sonya ソーニャ文庫の本

残酷王の不器用な
溺愛
八巻にのは
Illustration
氷堂れん
お前が可愛いすぎて心配だ。
残酷王と恐れられるグラントに嫁ぐことになったヒスイ。周囲から哀れまれるが、彼はヒスイの初恋の相手。この結婚を心から喜んでいた。しかし迎えた初夜、彼から「さっさとすませよう」と言い放たれる。落ち込むヒスイだが、閨での彼は強面な外見とは裏腹にひどく優しくて……。
Sonya

『残酷王の不器用な溺愛』 八巻にのは

イラスト 氷堂れん